로크미디어가
유혹하는
재미있는 세상
ROK MEDIA
로크미디어

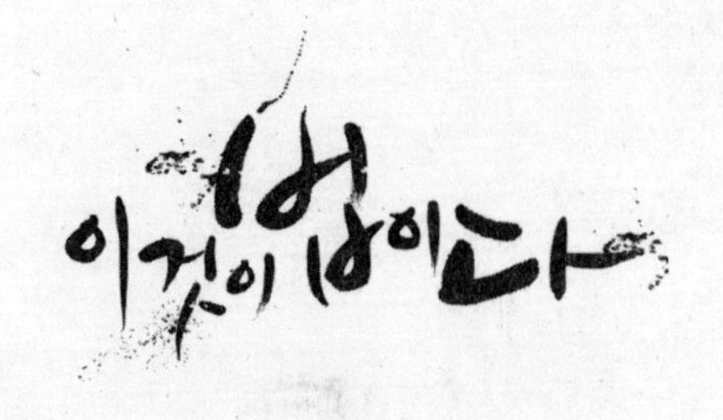
이것이 삶이다

이것이 법이다 133

2022년 4월 6일 초판 1쇄 인쇄
2022년 4월 11일 초판 1쇄 발행

지은이 자카예프
발행인 김정수 강준규

기획 이기헌 왕소현 박경무 강민구
책임편집 최전경
마케팅지원 이원선

발행처 (주)로크미디어
출판등록 2003년 3월 24일
주소 서울시 마포구 성암로 330 DMC첨단산업센터 318호
Tel (02)3273-5135 **편집** 070-7863-8592 **Fax** (02)3273-5134
홈페이지 rokmedia.com **E-mail** rokmedia@empas.com

값 8,000원

ISBN 979-11-354-7347-0 (133권)
ISBN 979-11-255-9575-5 04810 (세트)

작가와의 협의에 의해 인지는 생략합니다.
잘못된 책은 구입처에서 바꾸어 드립니다.

자카예프 장편소설

이 소설은 픽션입니다.
등장하는 인물 및 지명 등은 현실과 연관이 없습니다.
또한 소설 내에 나오는 법이나 법리 해석의 경우에도 대중문학의 극적 전개를 위하여 일부분 과장되거나 변형된 것이 존재하니 실제 법과 혼동하지 않으시길 바랍니다.

CONTENTS

트로이의 목마

노형진이 조세빈에게 원한 것은 포직스엔터로 들어가는 것이었다.

물론 그 회사로 들어간다고 해서 그녀가 그들의 케어를 받을 수는 없다.

사실 포직스에 들어가겠다고 하는 것 자체가 그들이 원하는 일이니까.

"제가 포직스에 들어가라고요?"

어리둥절한 표정이 되는 조세빈.

"이해가 안 가는데요."

분명 노형진은 조세빈에게 미래의 네트워플러스 작품의 최소한 비중 있는 조연을 약속했다.

그 말은 자신이 그 작품에 출연하게 된다면 수익은 포직스 엔터가 취하게 된다는 뜻이다.

"압니다. 하지만 그때까지 아직 시간이 있으니까요."

〈판데믹〉은 당장 촬영에 들어갈 수 있는 상황도 아니다.

시나리오 작업 중일 뿐이니까.

노형진은 아이디어를 제공할 뿐 작가가 아니기에 스토리를 쓰지는 못한다.

"그리고 그 전에 이번 일은 끝날 겁니다."

"하지만 그쪽은 제가 가도 밀어주지 않을 텐데요. 더군다나 위약금 문제도 있고."

"어차피 그쪽에서 위약금을 물어 준다고 하지 않았나요?"

"그거야 그런데……."

"물론 그렇다고 해서 저희가 위약금을 받을 생각은 없습니다. 저희는 여러분들을 대상으로 소송을 할 겁니다."

"네에?"

"잠깐, 그게 무슨 말씀이십니까?"

조용히 옆에서 듣고 있던 박상규가 눈을 크게 떴다.

소송이라니? 그건 바로 저들이 원하는 것이 아니던가?

"그렇게 배우를 빼앗긴 사람들은 대부분 소송을 선택할 겁니다. 그들이 그냥 당할 리가 없죠."

그들은 결국 현실적인 선택을 할 수밖에 없다.

노형진이야 그 피해가 없는 사람이지만 지금 배우나 가수를 데리고 있는 회사 중에 그렇게 소속 연예인을 빼앗긴 후에 다시 힘을 키워서 저항할 수 있는 곳이 얼마나 될까?

당연히 없다.

특히 군소 회사들은 사실상 몰락할 수밖에 없다.

"그렇게 되면 우리 엔터테인먼트조합 역시 몰락할 가능성이 아주 높습니다."

"높은 게 아니라 확정적일 겁니다."

노형진은 인정한다는 듯 고개를 끄덕거렸다.

"그게 그들의 목적이니까요. 아마도 말입니다."

"아마도?"

"대룡은 다른 기업들과 다르죠. 약탈과 군림보다는 상생을 우선시합니다."

사실 엔터테인먼트 같은 걸 대기업에서 운영한다고 하면 다른 기업들은 싸움이 안 된다.

설사 가장 잘나가는 엔터테인먼트라고 해도 대룡을 이기지는 못한다.

"그럼에도 대룡은 상생을 우선시했습니다. 엔터테인먼트조합이 그런 목적이었고요."

빈 학교를 이용해서 연습실을 지원해 주고 연예인의 숙소와 활동을 지원했다.

그걸 오로지 대룡에서 다 먹었다면 다른 군소 기업들은 벌써 다 죽었을 거다.

"그러니 저쪽에서 저렇게 나오는 거고요."

"그것 때문이라고요?"

"네. 이쪽에서는 기존의 규칙대로 반발하지 않을 거라고 생각한 겁니다."

이쪽은 약탈적인 성향이 아니다.

그에 반해 포직스는 약탈자적 성향이 강하다.

"그러니 우리가 보여 줄 건 그들의 예상을 넘는 약탈자적인 이미지죠."

"약탈자적인 이미지라고요?"

"대룡은 상생을 우선시합니다. 하지만 실제로 대룡에 싸움을 거는 놈들은 드물죠. 왜 그럴까요?"

"동시에 미친놈이라는 이미지도 있으니까요."

조세빈은 안다는 듯 말했다.

"잘 아시네요?"

"대부분은 잘 알지요. 어찌 되었건 대룡은 광고업계에서도 큰손이니까요."

가장 강렬한 이미지는 상생이지만, 이면에는 건들면 피 터지게 싸운다는 이미지가 강했다.

유민택이 그런 이미지를 만들기를 원했고, 실제로 다른 곳도 아닌 한국의 재벌가인 성화를 날려 버렸다.

시중에는 성화의 가족이 '인체의 신비전'에 등장했다는 소문이 돌기도 했다.

물론 그 소문이 돌게 한 것은 대룡, 정확하게는 유민택이었다.

단순히 회사를 망하게 하는 정도가 아니라 죽어서도 안식을 주지 않겠다는 이미지를 만들기 위해서였다.

물론 그건 소문이기에 증명할 방법은 없다.

'인체의 신비전'에서 사용되는 모든 시신은 중국에서 넘어오고, 공식적으로 중국에서는 그걸 인정하지 않고 있기 때문이다.

"우리가 해야 할 이미지는 그 두 번째지요."

"우리가요?"

"대룡엔터테인먼트는 대룡 소속 아니던가요?"

"그거야 그렇지요."

대룡엔터테인먼트는 대룡 소속이다.

"하지만 그들이 건드리는 건 대룡이 아닌데요."

"그걸 신경 쓰면 미친놈이 아니죠. 엄밀하게 말하면 애초에 미친놈 이미지가 생겼던 사건도 크게 관련은 없었습니다."

"아, 그랬지요."

맨 처음 대룡에 미친놈 이미지가 생겼던 건 왕따 사건이었다.

피해자는 대룡의 직원도 아니고 하청 회사의 파견 직원이었다.

그러니 어떻게 보면 대룡과는 아무런 관계가 없었다.

하청이라는 게 책임을 피하기 위해 만들어 낸 시스템이니까.

그러나 그 당시 대룡은 자기 사람을 건드렸다며 공공연하게 불법을 저지르는 한이 있어도 가해자들을 사회적으로 말살하겠다고 미쳐 날뛰었다.

물론 계획된 것이었지만, 그 이후에 대룡을 건드리면 죽는다는 이미지가 만들어졌다.

"그런데 그거랑 저랑 무슨 관계가 있나요?"

조세빈은 이해가 안 간다는 표정으로 물었다.

자신이 거기에 가는 게 무슨 의미가 있단 말인가?

"미친놈이 그냥 이유도 없이 미친 짓을 하면 사회적으로 고립됩니다. 하지만 그 미친 짓에 이유가 있다면, 그건 사회적으로 지지받지요. 그 당시처럼 말입니다."

그렇게 미친 짓을 했을 당시에, 아무런 관련도 없는데 왜 끼어드느냐고 하는 사람들은 거의 없었다.

일부 있었다고 해도, 대부분이 당신들 가해자 편을 들어주는 거냐면서 욕을 했다.

사람들이 보기에 대룡의 미친 짓은 합당한 이유가 있었던 것이다.

"제가 그 미친 짓을 하는 이유가 되는 거군요."

"사실 조세빈 씨가 아니라고 해도 다른 곳에서 넘어갈 테니 이유는 충분합니다만."

"하지만 그 사람들은 내부 정보를 주려고 하지 않겠지요."

이직해서 소송에 들어가는 순간 이쪽은 적이 되니까.

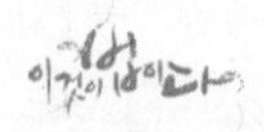

"맞습니다. 내부에서 정보를 최소한이라도 주실 분은 조세빈 씨뿐이지요."

조세빈은 고개를 끄덕거렸다.

하지만 여전히 궁금한 점이 있었다.

"그런데 무슨 짓을 하면 되는 건가요?"

어깨를 으쓱하는 노형진.

"이미 그건 두한에서 보여 준 것 같은데요."

저들이 하는 짓을 이쪽에서는 하지 말라는 법은 없었다.

⚖

얼마 후 예상대로 소속사를 옮긴 배우들이 소송을 걸기 시작했다.

물론 옮기기 전에 좋게 좋게 웃으며 계약을 해지해 달라고 하기는 했다.

하지만 세상에 연예계 은퇴도 아니고 다른 곳에서 돈을 더 받겠다고 계약도 파기하고 도망가는 배우에게 순순히 계약을 해지해 줄 회사는 없었고, 결국 필연적으로 소송을 할 수밖에 없었다.

"이번에 이직한 사람들에 대해서는 어떻게 할 겁니까?"

조세빈의 경우에는 이쪽의 부탁을 받아서 이직한 것인 만큼 나중에 불이익을 줄 수는 없다.

하지만 다른 사람들은 아니다.

"그들이 마음에 안 드는 모양이군요."

"솔직히 말하면요? 그렇습니다. 물론 외부 업체라면 모르지만, 최소한 우리 엔터테인먼트조합 쪽에서는 배우나 가수에게 불이익은 안 줬습니다."

그런데도 불구하고 배신하고 계약 파기 소송을 걸었다.

노형진은 어깨를 으쓱했다.

"그들이 각오한 거니까요. 그 책임은 스스로 져야지요."

"각오……했다고요?"

"그렇습니다. 그들은 회사를 배신하고 다른 회사로 넘어갔습니다. 그 과정에서 소송이 걸릴 거라는 것도 알고 있었겠죠."

그럼에도 불구하고 넘어갔다.

물론 욕심이 과해서일 수도 있다.

"하지만 모든 일에는 책임이 따르는 법이지요. 이번 일이 끝난 후에 딱히 그들을 제재하라고 하지는 않을 겁니다만."

그렇다고 해서 그들에게 어떠한 책임도 없을까?

그럴 리가 없다.

분명 세상은 그들에게 알게 모르게 책임을 지게 만들 것이다.

"그리고 조연급은 언제나 새로운 사람들이 나타나는 법이지요."

소송을 길게 끌면 3년이다.

그 안에 그 자리를 채울 수 있는 사람이 안 나타날까?

"아시다시피 이번에 이직한 사람들은 대부분 젊은, 아니 어리다는 표현이 맞겠네요. 그런 사람들입니다."

그들이 이번에 제대로 배우고 나서 나중에 재기한다면 그건 욕할 일이 아니다.

이런 소송에 휘말렸던 사람이 재기하기 위해서는 몇 배나 더 노력해야 하고, 그 노력은 무시할 만한 것이 아니니까.

"물론 당분간은 꿈도 못 꾸겠지만요."

노형진은 씩 웃으며 말했다.

그리고 박상규에게 물었다.

"그나저나 이제 기분이 어떠십니까?"

"묘하네요. 회사 규정상 갑질은 최대한 자제해 왔는데 말이지요."

혹시라도 자신들이 하는 것이 갑질이 될까 봐 극도로 조심해 온 박상규다.

그런데 지금 노형진이 여기에 온 이유는 간단하다.

갑질을 하기 위해서.

"해 보면 생각보다 재미있어요. 그래서 다들 갑질을 못 끊나 봅니다. 하하하!"

노형진은 빙긋 웃고는 천천히 건물 안으로 들어갔다.

그들이 들어가는 곳은 다름 아닌 드라마 제작사였다.

이번에 새롭게 들어가는 드라마 〈왕의 꿈〉의 제작사.

'그래도 제법 큰 곳이란 말이지.'

그리고 노형진이 여기를 건드리는 이유가 있었다.

"어서 오십시오."

노형진과 박상규가 찾아가자 제작사 다음의 대표는 깜짝 놀라서 달려 나왔다.

박상규는 대룡엔터테인먼트의 대표이고, 엔터테인먼트에 비하면 제작사가 갑인 거야 당연하지만 그 뒤에 대룡이 있다면 이야기는 전혀 달라진다.

노형진이야 두말하면 입 아픈 사람이고 말이다.

그래서 보통은 담당 CP나 부장급이 대응하지만 이번에는 사장이 직접 대응한 것이다.

"어쩐 일이신지……."

다음의 사장은 애써 웃으려고 했다.

두 사람이 좋은 이유로 찾아오지 않았다는 것을 알아차린 눈치였다.

"단도직입적으로 말하지요."

노형진은 그를 보면서 담담하게 말했다.

돌려서 이야기한다? 그런 건 상대방에게 여지를 주게 된다.

그러나 노형진은 이들에게 여지를 줄 생각이 없었다.

"포직스엔터 소속 배우들, 블랙리스트에 올리세요."

순간 사장의 얼굴이 굳었다.

포직스엔터가 어떤 행동을 하는지 모르는 바는 아니었다.

하지만 대놓고 이렇게 지시하다니.

"포직스엔터 배우가 나오는 드라마에는 우리 사람들 단 한 명도 못 보냅니다."

"설마…… 〈왕의 꿈〉 말씀이십니까?"

대하 사극 〈왕의 꿈〉.

한국에서 몇 년 만에 만들어지는 전통 사극이다.

'제작비가 400억이라고 했나?'

사실 한국에서 사극은 인기가 없다.

정확하게 표현하자면, 국민들이 싫어하는 게 아니라 제작사에서 싫어한다.

한국의 방송 제작 시스템은 대부분 외주로 돌아간다.

그리고 그런 외주 시스템은 무조건 외부의 투자를 받아야 한다.

즉, PPL이 절대적으로 필요한데, 사극은 PPL을 받는 게 너무 힘들다.

사실 불가능하다.

조선 시대에 현대 문물이 갑자기 툭 튀어나올 수는 없는 노릇이니까.

실제로 〈왕의 꿈〉은 몇 년 만에 나오는 정통 대하 사극 드라마다.

"네. 거기서 포직스엔터 배우들 다 배제하세요."

노형진은 웃으며 말했지만 사장의 얼굴은 말 그대로 사색이 되어 버렸다.

'그게 될 리가 있나. 쉽지는 않을걸.'

당연하다.

사극 연기는 다른 연기와 다르다. 그것도 확연히 다르다.

문체에서부터 사용하는 단어, 언어의 분위기까지.

그나마 퓨전 사극은 좀 덜하지만 정통 사극은 완전히 다르다.

사극에서 나오는 배우들이 다 똑같은 사람들만 재탕되는 이유가 그거다.

그걸 바꾸는 게 쉽지 않으니까.

쉽게 말해서 사극 전문 배우는 극히 일부라는 거다.

'그리고 그들이 지금 가 있는 곳이 바로 포직스엔터지.'

정확하게는 남자 배우 두 명과 여자 배우 한 명이 포직스엔터 소속이다.

그것도 주연급 또는 주조연급이 말이다.

조연은 아예 따지지도 않은 거다.

"아니, 갑자기 그러시면."

"갑자기가 아니죠."

노형진은 담담하게 말했다.

"그쪽에서 전쟁을 시작했는데 우리라고 두들겨 맞고만 있을 거라고 생각했습니까?"

"그건……."

포직스엔터가 요즘 뭘 하는지, 드라마 제작사 같은 곳에서 모르지는 않을 것이다.

"싸움을 시작했다면 당연히 끝장을 봐야지요."

노형진은 무거운 표정으로 말했고, 다움의 사장은 불똥이 왜 여기로 튀냐는 듯 억울한 기색이었다.

"뭐, 다움뿐만이 아닙니다."

노형진은 소파에 기대서 느긋하게 말했다.

"포직스엔터 소속의 배우들이 출연하는 모든 드라마가 공격 대상입니다. 물론 그 과정에서 드라마에 PPL을 하는 기업들 역시 공격 대상이고요. 농담 같으시죠? 그런데 미안해서 어쩌죠, 농담이 아닌데? 공적인 업무를 가지고 농담하는 거 아닙니다."

"그게 무슨 말입니까? 굳이 그렇게까지 해야 합니까?"

반문하는 사장의 목소리는 격하게 떨리고 있었다.

"왜요?"

"아니, 저기 변호사님, 아실지 모르겠습니다만, 그렇게 되면 거의 모든 프로그램이 제작 중지됩니다."

그나마 자체 제작이라면 조금 덜할지 모르지만 현실적으로 방송국의 자체 제작 프로그램은 20% 미만.

이제는 대부분 외주 제작이 대세다.

"내 알 바 아니죠."

노형진은 어깨를 으쓱했다.

"어차피 조연급들은 소송 걸려서 못 쓰지 않습니까?"

"그건 그런데……."

"그리고 그 소송을 걸도록 유도한 건 포직스엔터고요. 아닌가요?"

"……."

그걸 모르지는 않을 것이다.

포직스엔터에서 배우들을 어떻게 끌어가는지 소문이 다 났으니까.

물론 배우들 입장에서는 순간의 욕심에 혹해서 간 게 사실이지만.

"그런 식으로 장난치는 기업과 상생이 가능할 것 같습니까?"

상생. 대룡이 최우선으로 두는 가치.

그러나 저쪽에서 상생을 거부한다면 남은 건 전쟁뿐이다.

"대룡은 전쟁을 두려워하지 않습니다."

입술을 깨무는 사장.

"하차시키세요."

노형진의 말은 차갑기 그지없었다.

다음을 나오면서 노형진은 다시 한번 건물을 돌아보았다.

옆에서 박상규가 떨떠름하게 말했다.

"저는 들러리였네요."

"그건 아닙니다. 일종의 대안인 거죠."

"대안이라고요?"

"제가 주로 말하기는 했지만 사장님이 거기에 있었다는 사실이 사라지는 건 아닙니다. 당연히 대안을 찾으려면 그쪽에서 여러 곳을 골라야 하지요."

"그게 저라는 겁니까?"

"정확하게는 엔터테인먼트조합이 되겠지요."

"글쎄요. 대안이라……. 〈왕의 꿈〉은 솔직히 뒤집어질 것 같지 않은데."

〈왕의 꿈〉이라는 작품 자체가 사실상 방송국 자체 제작이나 마찬가지다.

위에도 언급했지만 사극의 특성상 외주 업체가 만들기 힘들기 때문이다.

"다움에서 제작하기는 하지만 사실 자금이랑 그런 건 다 방송국에서 나오는 것 아닙니까? PPL 자체가 없으니까요."

노형진은 고개를 끄덕거렸다.

"이미 알고 있습니다. 방송국에서 〈왕의 꿈〉을 다움에 맡긴 이유는 조유종 PD 때문이지요."

조유종은 다움으로 이직한 드라마 전문 PD다.

방송국에서 콕 집어 그에게 이 작품을 맡긴 이유는 그가 가장 잘하는 게 바로 사극이기 때문이다.

사극에 있어서는 사실상 끝판왕이나 마찬가지이니까.

"그리고 실무를 경험한 거의 유일한 PD니까요."

물론 퓨전 사극을 찍은 PD가 있긴 하지만, 퓨전 사극과 전통 사극은 완전히 다른 타입이다.

그리고 조유종 PD는 그런 전통 사극 또는 대하드라마라고 불리는 시스템을 아는 사람 중에서 거의 유일한 현직이다.

"400억짜리 드라마 제작을 생초보에게 맡길 수는 없을 테니까요."

그래서 어찌 보면 다음으로 제작 의뢰가 들어가는 건 당연한 일이었다.

"어찌 되었건 400억짜리 드라마입니다. 그런데 그걸 우리가 출연 금지시키라고 한다고 해서 막을까요?"

노형진은 고개를 흔들었다.

"그럴 리가요. 이미 100억 이상 투자된 상황입니다. 막을 수가 없죠."

드라마 제작이 슬슬 진행 중이다.

이미 들어간 돈도 꽤 많다.

배우들에게는 계약금이 들어갔고, 장비를 빌려야 했으며, 촬영을 위해 세트장을 지어야 했다.

이미 100억 이상 소비된 드라마 제작을 노형진이 한마디로 막을 수는 없다.

"그런데 왜 가신 겁니까?"

노형진은 피식 웃었다.

"〈왕의 꿈〉은 그냥 미끼입니다."

"미끼요?"

"네. 제가 노린 건 〈왕의 꿈〉이 아니라 다움의 사장 그 자체입니다."

"네? 그게 무슨 말씀이신지?"

"다움 사장의 다른 직함이 뭔지 아십니까?"

"그거야 당연히 알지요. 한국드라마제작협의회…… 회장!"

그제야 뭔가를 깨달은 건지 박상규의 눈이 커졌다.

한국드라마제작협의회라는 곳은 쉽게 말해서 외주 드라마 제작사들의 모임이다.

"제가 좀 전에 다움 사장에게 한 이야기, 그 이야기가 과연 어디로 흘러가게 될까요?"

노형진은 자신 있게 웃었다.

"그게 무슨 말이야? 포직스를 출연시키면 망하게 하겠다는 거야?"

다움 사장의 말에 다들 황당한 표정이 되었다.

공식적인 모임은 아니지만 어찌 되었건 비상 상황이기에 다움의 사장이 모두를 불러 모은 것이다.

"그래, 당장 〈왕의 꿈〉에서 포직스엔터 배우를 하차시키라는데…….”

“그게 말이 돼? 주연급이 세 명이나 포직스 아냐?”

“그러니까. 〈왕의 꿈〉이잖아! 그런데 거기서 왕을 죽이면 어쩌자는 거야?”

심지어 왕 역할을 하는 배우도 포직스다.

전통 사극은 고증을 엄청나게 따진다. 당연히 왕을 죽일 수는 없다.

즉, 중간에 배우를 바꿔야 한다는 건데, 그게 가능할 리가 없다.

그렇게 되는 순간 결국 드라마는 무너지게 되니까.

“그나마 아직 상영한 건 아니라서 재촬영하면 될 수도 있지만, 견적을 뽑아 보니 그렇게 되면 100억 정도 더 든다고 하더군.”

“100억?”

“손해배상에 추가 출연료에.”

사극은 아무래도 군중 촬영이 많다.

로맨스야 주연배우 정도만 재촬영하면 되지만 사극은 왕이 집무할 때 문무백관이 나열해야 하는 것은 당연하고, 그 사람들도 다 배우다.

당연히 그들에게 돈을 따로 줘야 한다.

“그리고 이미 전쟁 신 다 찍어 놨는데.”

이번 〈왕의 꿈〉에서 다루는 시대는 문무대왕 시절이다.

문무대왕은 공격적으로 신라의 세력을 확장한 왕이니 당연히 내용 중에는 전쟁 신이 필요하다.

"'식권 마차'로 취급될 수는 없잖아."

"아……."

식권 마차.

대하 역사 드라마를 전문 PD가 아닌 다른 PD가 제작했을 때 어떤 꼴이 나는지 알려 주는 흑역사다.

분명 전쟁에 수만 대군이 투입되었는데 식량을 나르는 마차가 고작 두 대.

아무리 제작비 절감 때문이라고 해도 선을 넘는 방식이었다.

그걸 보고 시청자들은 저건 식량을 나르는 보급대가 아니라 식권을 나르는 마차라고 비꼬아서 이야기했다.

그것 말고도 패딩 갑옷이 등장하는 등 개판으로 제작된 드라마였는데, 그런 제작상의 문제로 안 그래도 몰락하던 사극의 관짝에 못질까지 했다.

"100억이라……. 그거 주겠어?"

"방송국에서? 그럴 리가 있냐고!"

방송국이 미쳤다고 배우를 바꾸라고 100억을 주겠는가?

당연히 그건 자비 충당이라는 거다.

"우리는 그대로 갈 수밖에 없고."

다움의 사장은 입술을 깨물었다.

"일이 아무래도 커질 것 같아."

다들 침묵을 지켰다.

사이에 끼어 버린 그들의 상황은 결코 녹록하지 않았다.

⚖

얼마 후 그 소식은 황주찬에게 들어갔다.

그리고 황주찬은 기가 막힌다는 표정이 되었다.

"블랙리스트?"

"네, 우리 배우들 모두 블랙리스트에 올렸답니다. 아니, 우리 기업 자체를 블랙리스트에 올렸답니다."

황주찬은 사정없이 눈을 찡그렸다.

"누가?"

"노형진과 대룡입니다."

"이런 미친 새끼들이!"

내부 분석에서는 대룡이 이런 극단적인 행동은 하지 않을 거라고 판단했었다.

일단 대룡에 속한 연예인들을 건드린 건 아니니까.

그런데 대룡이 선빵을 친 것이다.

"이 새끼들 미친 거 아냐?"

"아마도 주범은 노형진일 겁니다. 그놈이 분위기를 끌어서 그렇게 갔을 가능성이 높습니다."

"노형진! 노형진! 그놈의 노형진! 그놈에게 대응 똑바로 안 해? 그놈이 그렇게 나올 거라고 예상했어야지!"

"예상을 하기는 했습니다만……."

사실 어느 정도는 예상했다.

다만 출연을 막기 위해 방송국을 찾아갈 거라 생각했다. 사실 연예계에서는 그런 일이 비일비재하니까.

"하지만 제작사를 찾아갈 줄은……."

방송국은 한정되어 있지만 제작사는 한두 곳이 아니다.

또한 방송국이 절대적 갑이기에, 방송국에서만 틀어막으면 제작사는 꼼짝도 못 한다.

그래서 당연히 방송국을 찾아가서 막으려고 할 거라 생각했다.

그게 편하니까.

"하지만 제작사라니…… 한두 곳도 아니고."

"끄응…… 미친 새끼."

그걸 알기에 두한에서는 방송국의 관련자들을 잘 구슬려 놨다.

막대한 뇌물과 접대를 통해, 아무리 노형진과 대룡이 접근해도 무조건 막을 수 있을 거라 생각했다.

"그런데 제작사라니…… 미친 새끼들."

그들은 절대적 갑이었기에 을들의 사정을 몰랐던 것이 패착이었다.

"일단 협박받은 건 다움 쪽인 것 같은데 다른 곳에도 그 소문이 파다하게 퍼졌습니다."

"미친 거 아냐? 이걸 소문으로 처리한다고?"

물론 황주찬도 바보는 아니다.

드라마 제작사를 압박해도 출연을 막을 수 있다는 건 안다.

그럼에도 불구하고 대룡이 그 카드를 선택하지 않을 거라고 생각한 이유는 바로 소문 때문이었다.

어찌 되었건 대기업이 갑질을 하면서 블랙리스트를 퍼트리는 것은 절대 사람들에게 좋게 보일 수가 없다.

방송국의 블랙리스트야 부장급만 잘 주무르면 알아서 커트하는 거고 외부로 소문이 퍼지지 않지만, 제작사는 그 숫자가 많고 당연히 그곳에서 도는 소문은 엔터테인먼트 쪽에서도 돈다.

당연히 그 소문이 돌면 대룡이라고 해도 욕을 안 먹을 수가 없다.

그래서 그 가능성은 제외한 것이다. 대룡이 이미지 관리에 얼마나 공을 들이는지 알고 있으니까.

"말도 안 돼."

완전히 허를 찔린 상황.

"이렇게 된 이상 방법은 하나뿐이다."

"네?"

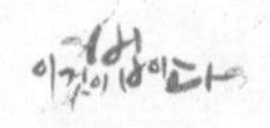

"관련 증거 모아. 언론 플레이를 통해 본체를 친다."

자기들이 갑질을 하는 건 당연해도 남들이 갑질을 하는 건, 도저히 참을 수가 없었다.

"뭐, 조만간 언플이 나올 겁니다. 대룡에서 블랙리스트를 만들어서 출연을 금지시킨다, 뭐 그런 이야기요."

유민택은 눈을 찡그렸다.

"그걸 가만둘 생각인가?"

"그럴 리가요."

어깨를 으쓱하는 노형진.

바보도 아니고, 그 정도 예상하는 건 어렵지 않았다.

막지 못한다면 모를까, 막을 수 있다면 당연히 문제가 되지도 않는다.

"일단 그 문제는 조금 시간이 있습니다. 그들의 자금 문제도 있고요."

"자금?"

"조금 알아봤습니다, 그들의 자금이 어디서 오는지. 그런데 일본 쪽에서 오는 것 같더군요."

노형진은 미다스라는 또 다른 이면을 가지고 있고, 마이스터라는 세계적인 투자회사를 가지고 있다.

당연히 자세하게는 몰라도 대략의 자금 흐름을 추적하는 건 어려운 일이 아니다.

그리고 그러한 정보가 있으면 그 돈의 출처를 알아내는 것도 어려운 일이 아니고.

"일본? 웬 일본? 뜬금없이 말인가? 일본은 그럴 여건이 안 될 텐데."

정권이 바뀐 후 그들은 일본을 재건하기 위해 모든 돈을 국내에 들이부어 대고 있었다.

과거의 잔재를 털어 내고 한국과 친하게 지내려고도 하고 있었다.

실제로 한국의 모 기업은 일본이 가진 어마어마한 양의 오염수에서 세슘 등 방사능 제거를 할 수 있는 기술을 가지고 있었다.

99.9% 이상의 방사능 물질을 제거할 수 있는 기술인데, 수차례 일본에 그 사실을 알렸지만 과거의 정부는 단순히 한국 기업이라는 이유 하나만으로 방사능 제거 참여를 막고 방사능 오염수를 바다에 버리는 짓을 해 왔다.

하지만 얼마 전 일본은 마침내 그 기업과 손잡고 방사능 제거 작업을 시작했다.

"나도 포직스엔터에 대해 조사해 봤네. 그런데 그 자금의 흐름의 양을 보니 못해도 수천억대던데. 그걸 일본에서 그냥 둔다고?"

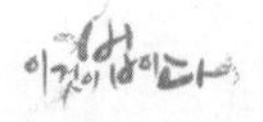

이해가 안 간다는 듯 다시 묻는 유민택.

그래서 노형진은 자신이 생각하는 바를 이야기했다.

“아마도 세탁이 아닐까 생각합니다.”

“세탁?”

“일본에서 지금 가장 활발한 게 뭔지 아십니까? 바로 세무조사입니다.”

“세무조사? 아, 그렇겠군.”

정권이 바뀌었다고 일본의 경기가 갑자기 좋아질 수는 없다.

농담이 아니라 유리 지갑이라는 말 그대로 국민들에게서는 악착같이 돈을 뜯어냈으니까.

하지만 국가를 정상화하기 위해서는 어마어마한 돈이 필요했고, 그래서 선택한 것이 바로 세무조사다.

기존에 돈을 빼돌리고 횡령하던 자들을 조사해서 그 돈을 환수하는 것.

일본의 부패에 대해 모르던 사람들이 아닌 만큼 그게 최우선이었다.

“어차피 들고 있어 봤자 빼앗길 돈이라 이거군.”

“맞습니다. 제가 봐서는 극우 세력이 자금을 한국을 통해 세탁하려고 하는 것 같습니다.”

중국이나 미국은 아무래도 여러모로 힘든 게 사실이다.

“그 금액이 얼만지 모르지만, 한국을 통해 세탁하면 전 세계로 감추기 편하지요. 아시다시피 한국의 한류는 세계적 흐름 아닙니까?"
"그건 그렇지."
고개를 끄덕거리는 유민택.
"그 부분은 조금 더 파고들고 있습니다. 조사가 끝난 후에는 공개할 예정이고요. 물론 온갖 양념을 다 쳐서 해야지요."
히죽 웃는 노형진.
그리고 그 말을 들은 유민택은 입맛을 다셨다.
"그건 그럼 일임하지. 그래도 이번 블랙리스트 건은 좀 위험하지 않나? 우리 입장에서야 상황이 그렇게 되었으니 이해가 간다지만."
어찌 되었건 이 상황에서 문제가 안 될 수는 없는 노릇.
"그래서 제가 회장님을 찾아온 겁니다."
"날? 어째서?"
"방송국들이 조만간 난리가 날 테니까요."
"그게 무슨 소리야?"
"제가 저쪽에서 언플 할 거 몰라서 블랙리스트를 돌렸겠습니까?"
당연히 안다. 그럼에도 그걸 돌린 이유는, 저들에게 타격을 주기 위해서다.
"대룡은 성화라는 미친 짓의 전력이 있습니다. 성화도 무너졌는데, 어쭙잖은 투자사 같은 건 한 방이지요."

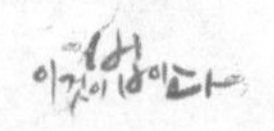

"그래서?"

"당연히 지금 드라마나 방송 제작은 완전히 멈췄을 겁니다."

드라마 제작만 멈춘 게 아니다.

예능도 외주로 돌린 상황.

"그게 멈춘다고?"

"저도 갑질을 했습니다만, 두한도 갑질을 했지요. 이미 두한은 엔터테인먼트조합에 속한 회사나 군소 회사의 출연을 막았습니다. 우리는 포직스엔터를 막았고요. 그러면 남은 사람들이 얼마나 될까요?"

"남은 사람들이라……."

유민택은 잠깐 고민했다.

그리고 노형진이 뭘 말하는지 바로 알아차렸다.

"양쪽 다 못 쓴다면…… 그렇겠군."

"방송국에 비하면 이쪽은 새우입니다. 하지만 새우 싸움에 고래가 말라 죽을 수도 있는 법이지요, 후후후."

⚖

"사장님, 그게 무슨 소리입니까? 그게 가능하다고 생각하세요?"

"망하기 싫으면 어쩔 수 없잖아. 한쪽은 대룡이고 한쪽은 두한이야. 한쪽하고만 손잡으면 뒈진다고. 눈치를 봐야지,

눈치를!"

"눈치고 뭐고, 지금 그게 말이 되느냐고요!"

조유선 PD는 속이 터져 나갈 것 같은 기분이었다.

그럴 수밖에 없는 게 그가 제작하는 예능인 〈오늘의 기분〉의 출연자 다섯 명 중 네 명이 양쪽 소속이니까.

엔터테인먼트 협회 소속이 두 명, 포직스 소속이 두 명이었다.

"그들을 하차시키라고요?"

"좋게 말해서 쉬라고……."

"하차가 맞지 않습니까? 그러면 저보고 어떻게 방송을 만들라고요? 혜지 씨한테 두 시간 내내 혼자 춤이라도 추게 해요?"

유일하게 아무 소속도 아닌 혜지라는 가수 말고는 출연할 수 있는 사람이 없었다.

"다른 곳에서 출연진을 데리고 오면 되잖아. 사실 〈오늘의 기분〉은 나름 자리 잡은 방송 아니야? 그러니까 적당히 데려다가……."

조유선 PD는 한숨이 푹 나왔다.

한때 같은 업계에 있던 사장이지만 경영으로 완전 전환하더니 감이 날아갔다는 걸 알 것 같았다.

"사장님, 지금 하차시키는 거 사장님만 이야기하는 거 아닌데요."

"그게 무슨 소리야?"

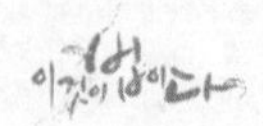

"다른 곳도 난리란 말입니다. 엔터조합이랑 포직스, 아니 대룡하고 두한이 싸우는데 관련 연예인들을 죄다 하차시키라고 하면 출연할 수 있는 사람은 30%도 안 됩니다."

"뭐?"

흠칫하는 사장. 그 정도일 줄은 몰랐으니까.

"물론 완전 무명들은 타격이 없겠지요. 완전 신생이라면 말입니다. 그런데 방송에 나온 적도 없는 그런 애들을 데리고 촬영하기 시작하면? 애들 얼어붙는 건 둘째 치고 누가 그걸 봅니까?"

드라마든 예능이든 결국 집단의 힘이 필요하다.

출연자가 없으면 아무것도 없다.

"그리고 갑자기 멤버들 싹 갈아 치우면, 시청자들이 뭐라고 생각하겠습니까? 거기다가 추가로 들어올 사람들이 지명도 개뿔도 없는 사람들이라면요?"

"……."

"저도 지금 이야기를 듣고 있습니다만, 솔직히 말씀드릴게요. 지금 최소한 지명도가 있고 방송에 얼굴이라도 한번 내비친 애들은 몸값이 어마어마하게 올라가고 있습니다."

"아…… 환장하겠네."

사장은 눈을 찡그렸다.

생각해 보니 자신도 안전을 위해 멤버 교체를 생각했는데 다른 사람들은 그런 걸 생각 안 할까?

"그렇게 남는 사람들이 없어?"

"포직스야 그렇다고 쳐도 엔터테인먼트조합 아닙니까, 조합! 대룡에서 연예인들을 보호한다는 게 소문나서 다들 알음알음 가입했단 말입니다!"

연예인들은 흥하기 전에는 을 중에서도 을이다.

그렇다 보니 온갖 비참한 대우를 다 받아야 했다.

그런 상황에서 대룡이 그들을 보호한다고 하자 당연히 보호받을 수 있는 쪽으로 흘러가기 시작했고, 스스로 연예인을 보호할 수 있는 체급이 되는 초대형 기획사가 아닌 한 군소 소속은 어쩔 수 없이 협동조합에 들어가야 했다.

"협동조합에 속한다는 건 단순히 조합원이라는 의미가 아니라 일종의 기획사 커트라인이란 말입니다."

조합원으로 등록되는 건 어려운 일도 아니다.

그런데 거기에서 커트되어 가입도 못 한다는 건, 사기꾼이거나 완전히 가치가 없는 곳이라는 의미다.

"당연히 연예인이고 지망생이고 모조리 조합 소속으로 갔지요. 그게 벌써 몇 년인데."

"끄응……."

"더군다나 포직스에서 조합 소속만 건드린 게 아니지 않습니까?"

두한의 힘으로 찍어 누르기 위해 다른 대형 엔터도 건드려 놨다.

"하지만 부장님이……."

"곽 부장이요?"

"그래. 그쪽 사람들을 쓰면 아예 안 받아 줄 거라고……."

"돌겠네."

사이에 낀 두 사람이 한숨을 쉬는 그때 빼꼼, 사장실의 문이 열렸다.

"사장님, 저기, 시원음료에서 전화가 왔는데요."

"시원음료? 거기서 왜?"

사장은 등골이 서늘해졌다.

공산품을 파는 곳과 관련이 없어 보이지만 제작에는 PPL이 당연히 들어간다.

그리고 그중 한 곳이 바로 시원음료다. 그것도 아주 큰손.

"우리에게 준 팝클 PPL…… 뺀다고……."

"뭐? 왜?"

"그게…… 자세하게 이야기하지는 않는데……."

즉, 무조건 빼겠다는 거다.

"아니, 미치겠네. 도대체 왜?"

시원음료가 빠지면 제작비는 빵꾸가 날 수밖에 없다.

그렇게 되면 제작하면 제작할수록 손해가 된다는 의미다.

"시원음료…… 대주주가 두한 아닙니까?"

조유선 PD는 짜증스럽게 말했다.

시원음료가 계열사까지는 아니지만 당연히 두한에서 압력

을 받을 수밖에 없는 위치다.

"자…… 잠깐! 그러면 그런 식으로 PPL이 다 빠진다는 거야?"

두한이 본격적으로 압력을 행사하는데 대룡이 가만히 있을 리가 없다.

"망했다."

고래 싸움에 그들이 터져 나가기 시작했다.

열리는 트로이의 목마

트로이 목마는 고대 그리스의 전쟁에서 언급된 것이다.

그리스군이 병력을 내부에 숨긴 목마를 전쟁에 패한 척 트로이 진영 앞에 두어 트로이군이 가져가게 한 뒤, 승전 파티 이후에 전부 잠든 틈을 타 목마 내의 병력이 문을 열고 성을 함락시켰다는 이야기에서 비롯된 거다.

그래서 요즘은 내부에 숨긴 스파이 같은 걸 트로이 목마라고 한다.

그런데 거기에는 한 가지 다른 점이 있다.

트로이의 목마에서 중요한 건 안으로 들어가는 게 아니라 그 목마 안에서 나온 병력, 즉 내부의 적이니까.

"저 인간이 왜 여기 있어요?"

드라마 〈여름 태양〉의 리딩 현장.

처음으로 사람들과 만나고 인사하고 드디어 리딩에 들어가려는 순간, 조세빈은 제대로 폭발했다.

"뭘?"

"저 남자가 왜 여기에 있느냐고요!"

고작 조연이 감독에게 당당하게 따질 수 있는 이유.

그건 그녀 뒤에 있는 두한의 존재 때문이었다.

"아니, 무슨 소리야? 출연진이니까 있지."

감독은 진땀을 흘리며 말했다.

그러나 조세빈은 이미 상황을 알고 있었다.

심지어 상대방 배우와도 이야기가 되어 있었다.

모르는 것은 오로지 감독뿐이었다.

"저 사람, 조합 쪽 사람 아니에요?"

공식적으로 포직스 쪽으로 이직한 걸로 되어 있는 조세빈은 아주 차갑게 말했다.

"응, 그게……."

"조합 쪽, 출연 금지 아니었어요?"

조세빈의 말에 멀찌감치 떨어져 있던 남자 배우도 눈을 부라렸다.

"어디 배신하고 나간 년이 입을 씨부려?"

"배신? 돈 더 준다는 데 가는 게 나쁜 건가?"

"띄워 준 은혜도 모르는 년이 뭐?"

"은혜가 아니라 비즈니스지. 안 그래?"

두 사람이 싸우기 시작하자 분위기는 살벌해졌다.

그리고 남자 배우 측의 매니저도 감독에게 따지고 들기 시작했다.

"지금 저희 무시하는 겁니까? 포직스 배우 쓰지 말라고 하지 않았습니까?"

"하지만 배역을 할 만한 배우가……."

"그렇다고 소송 중인 배우를 데리고 와요?"

"자, 자! 진정하시고."

감독은 땀을 삘삘 흘렸다.

현실적으로 여기서 이러기 시작하면 드라마가 멀쩡하게 굴러가지 않을 거라는 걸 알기 때문에 어떻게 해서든 화해를 시켜야 했다.

하지만 이러한 두 집단의 대립은 결코 화해로 끝날 수가 없었다.

"김 감독님, 저희 포직스, 아니 두한을 무시하는 겁니까?"

조세빈을 데리고 온 매니저 역시 눈을 부라렸다.

상대방이 적대적으로 나오는 데다가, 안 그래도 은근슬쩍 협회 쪽 사람을 쓰려고 한다는 이야기는 들었다.

"이거 서 국장님이 허락하신 겁니까?"

"일단 서 국장님은 최대한 좋게 해결하라고……."

감독은 변명 아닌 변명을 했다.

물론 서 국장은 그쪽 인간을 쓰지 말라고 했다.

'그러면 제대로 된 배우라도 데려다 주든가!'

이미 포직스 쪽은 조연이 모조리 작품 진행 중인 상황이라 출연 가능한 사람이 없었고, 아예 관련이 없는 곳들은 비중에 맞는 배우가 없었다.

"저희, 여기 출연 못 합니다."

남자 배우 쪽 매니저가 먼저 일어나면서 말했다.

"저 인간들이랑 출연을 하느니 차라리 방송 접겠습니다."

"뭐, 뭐라고요? 잠깐만요! 그건 아니죠!"

얼이 나가서 상황을 보던 작가가 비명을 질렀다.

"출연진에 대해서는 대충 들으셨잖아요!"

"그 이후에 회사에서 말하지 않았나요? 포직스 쪽 애들은 배제해 달라고?"

"그건 그런데……."

"이런 식이면 같이 일 못 합니다."

"아니, 그러면 어쩌라고……."

"우리가 알 바 아니죠. 가자."

"네, 형."

남자 배우가 나가려고 하자 조세빈이 먼저 자리에서 일어났다.

"우리도 가죠."

"자, 잠깐만! 조세빈 씨!"

두 조연 배우가 으르렁거리면서 바깥으로 나가 버리자 남은 사람들은 멍한 표정이 되었다.

그리고 한쪽 구석에서 한 무리의 사람들이 일어났다.

"아무래도, 나도 저쪽이랑은 일하기 힘들겠네."

조합 쪽의 멤버였다.

이렇게 극단적인 분위기가 될 줄은 몰랐으니까.

"아, 잠깐만요. 조금 진정하시고……."

감독은 애달픈 목소리로 만류했지만 직감적으로 느끼고 있었다, 이번 리딩은 망했다는 걸.

"이렇게까지 극단적으로 나가야 하는 이유가 뭡니까?"

박상규는 보고서를 보면서 눈을 찌푸렸다.

조세빈 측과의 충돌로 드라마가 멈췄다는 것이 기정사실화되었으니까.

그나마 기사화는 막았지만 말이다.

"보통은 이렇게까지 극단적으로는 하지 않지요?"

"네. 프로니까요."

사이가 아무리 안 좋아도, 그래서 서로 욕하고 무시해도 카메라가 돌아가면 애달픈 눈으로 바라보며 눈물을 흘리면서 키스를 할 수 있는 게 바로 배우들이다.

그런데 그런 배우들이 이렇게 극단적 대립을 하게 한 것.

그게 바로 노형진이 설계한 트로이의 목마였다.

"일종의 자존심 싸움이 되는 거죠."

"자존심 싸움?"

"이쪽과 저쪽은 같이 못 간다는 겁니다."

지금 제작자들은 어떻게 해서든 화해를 시켜서 끌고 가려고 할 것이다.

그게 정상이고.

"하지만 그렇게 되면 유리해지는 건 포직스거든요."

왜냐하면 포직스는 돈을 가지고 성장하고 배우를 흡수할 수 있지만, 조합에 속한 곳은 그게 불가능하다.

애초에 작고 약하기에 모여서 조합을 만든 거니까.

"결과적으로 시간이 지날수록 포직스만 성장할 겁니다."

"하지만 아직은 아니다?"

"아직은 이쪽이 압도적으로 유리한 상황입니다."

이쪽은 군소 소속사들의 모임이지만 최소한 작품마다 한 명씩은 속해 있기 때문에 숫자로 본다면 당연히 이쪽을 선택할 수밖에 없다.

더군다나 포직스의 경우는 데리고 간 배우들이 소송 중인지라 아직 그들을 쓰기도 애매한 상황이다.

"조세빈 씨도 공식적으로는 소송 중이니까요."

그러니 그 손해배상과 관련된 금액이 결정되면 회사에 배상해야 한다.

"그래서 포직스가 말라 죽기를 원하시는 건가요? 그게 쉽지 않을 텐데요."

포직스의 뒤에는 어마어마한 돈이 있다.

최소한 수천억의 자금이 있다고 추측하고 있다.

그런데 그런 포직스가 망할까?

그럴 리가 없다.

"포직스는 망하지 않습니다. 하지만 다른 사람들이 망하겠지요."

"누구 말입니까?"

"방송국 말입니다."

"방송국?"

"그렇습니다. 지금 포직스, 아니 두한에서 로비해서 방송국에서 우리가 출연할 자리를 줄이고 있는 건 아시죠?"

"그렇게 티가 나는데 모를 수는 없죠."

사실상 게스트 등 한계가 있는 부분이긴 하지만, 그런 자리들을 포직스가 거의 싹쓸이하고 있다고 봐도 과언이 아니다.

"두한의 방식을 생각하면 국장이나 부장 같은 고위직을 통해 압력을 행사했을 겁니다."

"그건 당연한 일이지요."

두한의 방식이 그랬으니까.

그리고 포직스도 두한의 계열사인 만큼 그런 방법을 선호할 테고.

"그런데 그런 사람들의 직위를 뭐라고 하는지 아십니까?"

"그거야 부장 또는 CP라고 하지 않습니까?"

"그건 직책의 명칭이고요. 그 직위를 통틀어서 가리키는 말이 바로 관리직입니다."

관리직. 말 그대로 뭔가를 관리해야 하는 사람들이다.

당연히 그에 대한 책임도 져야 한다.

하지만 언제부터인가 한국에서는 관리직 하면 권력을 쥐고 갑질 하는 놈들이라고 생각하는 경우가 많다.

그럴 수밖에 없는 게, 그들은 실제로 권리는 쥐지만 책임은 지지 않으려고 하기 때문이다.

문제가 생기면 다른 직원들에게 뒤집어씌우고 자기는 쏙 빠져나가니까.

그러나 그런 것도 어느 정도 사이즈가 되는 일일 때의 이야기다.

만일 그 체급을 한참 넘어 버리면?

그때는 본인의 목부터 날아갈 수밖에 없다.

"현재 〈친구 만들기〉는 예비 촬영분이 1주가 남았고 드라마 〈경기 연가〉는…… 빵꾸 직전입니다. 〈뮤직 월드〉는 섭외할 수가 없다고 하고. 〈고향 어부〉는 다다음주 촬영이 취소되었고……."

상황 보고가 계속될수록 회의의 분위기는 싸늘하다 못해

얼어붙어 가고 있었다.

그리고 보고를 듣는 사장의 얼굴은 분노로 점점 붉어지고 있었고, 일부 부장들과 이사들은 고개를 숙인 채로 찍소리도 못 했다.

"그래, 좋다. 어쩔래?"

사장이 날카롭게 물었다.

"로비받아서 출연 금지시키고 접대받을 때는 좋았지?"

두한과 대룡.

이 두 집단의 싸움이 격해지고 양쪽 모두 상대에 대한 출연 금지를 요구하니 방송이 제대로 굴러갈 리가 없다.

"사장님, 그게……."

"미쳤냐? 어? 해 처먹는 것도 작작 해야지!"

사장도 바보는 아니다.

방송계에서 부장급만 되면 그 파워가 하늘을 찌른다는 것은 안다. 자신도 그런 과정을 거쳐서 사장이 되었으니까.

"그런데 이건 도를 넘어도 한참 넘었잖아!"

"아니 그게, 이렇게 될 줄은 몰랐습니다."

"씹쌔끼들아! 그런다고 문제가 해결돼?"

연예인이 다른 회사로 가지 못하도록 하거나 또는 다른 회사로 쫓아 보내기 위해 몰래 출연 금지를 걸거나 방해하는 것은 흔하게 있는 일이었다.

사실 여기에서 그걸 모르는 사람은 없었다.

"그래서 각자 로비받은 결과가 이거야?"

방송에 출연할 수 있는 사람들의 숫자가 너무 줄어 버렸다.

"그게…… 대룡에서 그렇게 대놓고 공격할 줄은 몰랐습니다."

"몰랐다고? 그래서 지금 너희들이 잘했다 이거야?"

포직스는 몰래몰래 뒤에서 공작을 했는데 대룡은 아예 포직스 쪽 전부를 블랙리스트에 올릴 것을 요구했다.

말도 안 되는 소리이지만 그걸 요구했고, 심지어 거절한 곳에 대한 공격도 서슴없이 저질렀다.

"이거 보이냐?"

툭 하고 서류철을 던지는 사장.

어젯밤 방송을 캡처해서 컬러 인쇄한 것이었다.

"뭐가 보이냐?"

"……."

"모르겠어?"

"……."

모르는 게 아니다.

너무 잘 안다. 그래서 말을 못 하는 거다.

"PPL이 여섯 개나 끊겨서 추가 지원을 요청해 왔는데 그 돈, 너희들이 줄 거야?"

프린트된 캡처에는 언제나 보이던 PPL 상품들이 모조리 사라져 있었다.

음료수와 과자류까지 모조리.

당연하다.

PPL이라는 건 결국 물건을 팔아먹기 위해 홍보하는 거다. 그런데 대룡과 두한의 싸움에서 엉뚱하게 두들겨 맞기는 싫다는 것이다.

"야, 〈달려라 일요일〉은 뭐라는 줄 아냐? 돈이 없어서 종영해야 한단다."

〈달려라 일요일〉은 인기가 아주 좋은 예능 프로그램이었다. 그래서 광고와 PPL이 엄청 붙었다.

그 때문에 방송국에서는 제작비를 많이 줄 필요가 없었다.

하지만 그 이상으로 남았기에, 외주 업체도 그걸 포기하지 않았다.

그런데 그런 프로그램에 갑자기 광고고 PPL이고 모조리 다 떨어져 나갔다.

"〈달려라 일요일〉 저녁 6시 30분 방송인 거, 알지?"

말 그대로 가장 황금 시간대. 그 시간대를 날려 버리게 된 것이다.

"거기를 도대체 뭐로 메꿀 거야? 어?"

"……."

당장 다다음주면 방영분이 없다.

그런데 거기에 들어갈 프로그램이 필요하리라고는 상상도 못 했다.

드라마와 다르게 예능은 사전 제작해 둔 것도 없다.

"드라마야 그래, 한두 달 정도는 사전 제작된 걸로 어느 정도 메꿀 수 있다 쳐. 물론 가격은 더럽게 올랐더라?"

원래 회당 2억을 달라고 하던 사전 제작 드라마가 회당 4억까지 올라갔다.

그마저도 방송국마다 못 구해서 안달이다.

그럴 수밖에 없는 게, 이미 드라마 제작이 완료된 이상 배역을 바꿔서 재촬영하는 것은 불가능하니까.

당연히 방송국 입장에서는 어떻게든 사전 제작 드라마로 시간을 버는 한편 그동안 그 둘의 싸움에 끼지 않은 배우를 섭외해 드라마를 제작해야 했다.

"상대방이 누군 줄 알고 이 지랄 한 거야? 어?"

만일 그저 그런 소속사나 회사였다면 이런 지랄맞은 상황은 벌어지지 않았을 것이다.

하지만 다른 곳도 아닌 두한과 대룡이다.

한순간 눈 돌아가면 뵈는 게 없다는 대룡.

썩어도 준치라고, 여전히 강력한 힘을 가진 두한.

"아, 미치겠네."

양쪽 다 자존심 대 자존심으로 부딪친 상황에서 방송국은 말 그대로 두들겨 맞는 수밖에 없었다.

"PPL은 그렇다 쳐. 광고는 어쩔 거야? 어?"

PPL이야 어차피 제작사에서 먹는 것인 만큼 신경 쓰지 않는다고 해도, 이들이 중요하게 생각하는 것은 결국 광고다.

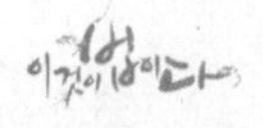

왜 방송국에서 시청률에 매달리는가?

자존심 싸움 때문에? 아니면 자신들이 이룩한 것에 대한 보람?

아니다. 시청률이 높을수록 광고의 단가가 높아지기 때문이다.

그런데 그 광고가 싹 빠졌다.

대룡은 광고란 광고는 다 빼 버렸고, 두한은 자금 문제로 광고를 집행하기 버거워한다.

당연히 빈 시간을 다른 곳에 팔아야 하는데, 다른 기업들은 단가를 낮출 수 있다는 생각에 무조건 낮게 후려치기 시작했다.

엔터테인먼트 사업에서 두 대기업의 대리전이 벌어지면서 애꿎은 방송국이 죽기 직전으로 몰리고 있는 것이다.

"그리고 이건 뭐야?"

뭔가를 던지는 사장.

서류철이 좌악 퍼지면서 내용물이 테이블 위로 흘러나오자 앉아 있던 사람들은 침을 꿀꺽 삼켰다.

"대룡의 갑질? 방송계를 붕괴시키는 거대한 탐욕? 장난해? 지금 그게 누구한테 어울리는 소리라고 생각해?"

"……."

대룡은 처음부터 매너 좋게 시작했다.

포직스엔터처럼 갑질을 한 적도 없고, 소송을 통해 배우의 출연을 막으려고 한 적도 없으며, 자기네 사람들 쓰라고 뇌물 처먹인 것도 없다.

"너희들은 뇌물이 궁하지? 그렇지?"

그리고 그 부분이 바로 이들에게 불편했다.

전이라면 매 분기마다 출연 좀 시켜 달라고 온갖 선물을 바리바리 싸 들고 오고 현금으로 가득한 가방이 배달되곤 했다.

하지만 대룡이 나타나고 나서 그런 것들이 모조리 막혀 버렸다.

"그래도 선은 넘지 말아야지!"

철저하게 대룡에 불리하게 쓰인 기사.

신문에 실리기 전에 사장이 먼저 커트한 것이다.

"사장님, 그게……."

"그게 문제가 아니라, 이게 나갔으면 대놓고 대룡과 싸우게 됐을 거 아니야! 그렇지?"

"……."

말을 못 하는 사람들.

"나는 모르겠다."

"네?"

사장은 긴 한숨을 쉬었다.

이 기사가 나갈 예정이라는 소식을 들었을 때, 그는 상황이 자신이 막을 수 있는 선을 한참 넘었다는 사실을 알았다.

실제로 그 괴물이 찾아왔을 때 그는 할 수 있는 게 없었다.

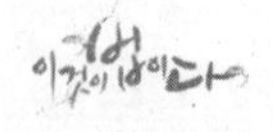

"너희들 알아서 재주껏 살아남아라."

"그게 무슨 말씀이신지?"

"저희를 자르시겠다는 말씀입니까?"

얼굴이 창백해지는 부장급들과 이사급들.

그러나 사장은 코웃음을 쳤다.

"차라리 너희 자르고 끝나면 다행이지."

"그게 무슨……?"

"난 몰라. 알아서 살아남아."

자리를 박차고 일어나 나가 버리는 사장.

회의가 끝난 것도 아닌데 나가는 사장의 모습에 사람들은 어리둥절해졌다.

그러나 사장과 교대해서 들어온 존재를 본 그들은, 사장이 왜 그런 말을 했는지 알 것 같았다.

"안녕하십니까, 두한 여러분들?"

"두한?"

"두한이라니요? 저희는 그 회사에 안 다니는데……."

그들의 항변은 다음 말에 모두 무시되었다.

"두한에 줄 서신 거 맞지요? 그러니까 두한 사람이지요."

"그게……."

"그리고 적을 살려 두기에는 공기가 아까워요."

"저…… 적이라니요!"

"원래 전쟁이라는 건 말입니다, 졸병들을 다 쳐 내야 대장

모가지를 쳐 낼 수 있습니다."

"우리가 두한의 졸병이라는 겁니까?"

"아니요. 졸병'이었던' 사람들이지요. 과거형."

"과거형……."

그 사람, 노형진은 웃으면서 사장석에 앉았다.

"그래, 유언이나 들어 봅시다. 자살을 이렇게 귀찮은 방식으로 하는 이유가 대체 뭡니까?"

그 순간, 그 말에 내포된 의미를 확실하게 알아들은 누군가가 벌떡 일어났다.

그리고 무릎을 꿇었다.

"잘못했습니다!"

"잘못한 거 아시네요?"

싱글거리는 노형진.

설마 노형진이 여기까지 올 거라 생각하지 못한 그들은 입을 꾹 다물었다.

지금까지 언제나 절대적 갑의 위치에서 연예인과 소속사를 대해 왔던 그들이다.

하지만 그보다 더한 갑이 나타나자 저항은커녕 손가락 하나 까딱하지 못했다.

"그래서 주범은 누굽니까?"

"네?"

"누군가 주범이 있을 거 아닙니까? 저도 미친놈은 아니니,

여러분을 싹 다 죽이면 방송국이 안 굴러간다는 건 압니다."

노형진의 말에 일부는 안도의 한숨을 쉬고 일부는 더 불안감을 품었다.

"딱 3분의 1."

"네?"

"딱 3분의 1만 죽읍시다. 그러면 깔끔하게 잊어 드릴게."

⚖

"그렇게 대놓고 협박해도 되는 겁니까?"

박상규는 이해가 안 된다는 표정이었다.

다른 사람도 아닌 변호사가 대놓고 협박이라니.

"물론 안 되죠."

"그런데 왜 그런 행동을……?"

"현제 제 포지션은 미친놈입니다. 미친놈이 상황 따지는 거 봤습니까?"

미친놈은 상황을 따지지 않고 무조건 날뛴다. 그건 기업도 마찬가지.

"이쪽에 한 줄기 이성이라도 남아 있다고 판단되면 그걸 기회 삼아서 노릴 놈들이거든요."

만일 거기서 협박하지 않고 웃으면서 해결하려고 했다면 어떻게 되었을까?

당연히 그들은 온갖 핑계를 대고 거짓말로 노형진을 속이려고 하며 책임에서 벗어나려고 했을 것이다.

도리어 자기들을 협박한 걸로 경찰에 신고하겠다며 역으로 협박을 해 올지도 모른다.

"살면서 그런 놈들을 많이 봤지요. 저런 놈들은 절대 반성하지 않습니다. 오로지 벗어날 기회만 노릴 뿐."

하지만 노형진은 그렇게 기회를 주는 대신에 그들의 죽음을 확실하게 못 박았다.

물론 진짜 죽인다는 것은 아니다.

사회적으로 죽이겠다는 뜻으로 말한 것이다.

"그런데 그런다고 저들이 가만히 있을까요? 혹시 경찰에 신고하지는 않을까 걱정되는데요."

노형진은 피식 웃었다. 그럴 가능성은 제로니까.

"스나이퍼가 왜 무서운지 아십니까?"

"네? 뜬금없이 웬 스나이퍼?"

"스나이퍼가 무서운 건 특정 표적을 노리기 때문입니다."

"그게 무슨 말씀이신지?"

"제가 거기까지 협박만 하러 찾아간 게 아닙니다."

노형진이 그들을 찾아서 굳이 거기까지 간 이유는, 이쪽에서 그들을 지켜보고 있다는 것을 각인시키기 위해서였다.

"스나이퍼가 무서운 건 나만 죽기 때문입니다."

수만 명이 부딪치는 전쟁터나 스나이퍼가 쏘는 총알 하나

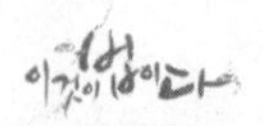

나, 맞으면 죽는 건 매한가지다.

하지만 그 둘 사이에는 엄청난 차이가 있다.

병사가 마구잡이로 쏜 총은 피해 갈 수 있다.

그리고 주변에 동료들이 있고 광기에 휩싸인 전투 상황이라면 그런 건 제대로 보이지도 않는다.

그러나 스나이퍼가 쏜 총은 한 발로 100% 자신을 죽일 수 있다.

그리고 남들은 안 죽는데 나만 죽는다.

"그 공포감은 생각보다 무섭습니다."

그래서 열 명의 병사가 막는 길에는 중대가 돌격할 수 있지만, 한 명의 스나이퍼가 막는 길은 1개 대대가 교착상태에 처해 버린다.

"그리고 제가 그 스나이퍼죠."

그들에게 죽는다는 이미지를 각인시켰다.

그들은 탐욕과 욕심에 그리고 과거에 누렸던 접대와 영광에 눈이 멀어서 두한을 편들었을 것이다.

"하지만 제가 이번에 만든 이미지는 단 하나죠."

죽는다.

다른 것도 필요 없이, 죽는다.

"실제로 저 중 3분의 1은 죽일 겁니다."

"진짜로 죽이실 건 아니죠?"

"물론 그건 아니죠. 하지만 사회적으로 몰락시킬 겁니다."

이미 저들이 저지른 범죄 일부분이 정보길드에 들어가 있다.

그런 만큼 그들을 사회적으로 죽이는 건 어렵지 않다.

"그다음은 공포가 저들을 집어삼킬 겁니다, 후후후."

바로 다음 날, 코리아 타임라인에는 대서특필 뉴스가 나갔다.

M 본부 드라마 국장, 배우 출연 문제로 성 상납받은 것으로 드러나

여전히 계속되는 여배우에 대한 성 상납 요구

최근 다수의 배우 출연 정지 사태. 드라마 국장의 압력으로 인한 것이었다?

작은 씨앗이었지만 이미 드라마 국장의 인생은 끝장났다.

기자들의 그의 집 앞으로 몰려들었고, 그는 나오지도 못한 채로 갇혀서 사직서를 이메일로 보내야 했다.

엄밀하게 말하면 방송국은 이 사태에서 제3자였다.

그들은 절대적 갑이었고, 그 힘을 이용해 이 싸움에서 뇌물을 챙기면서 꿀을 빨 생각이었다.

하지만 당사자가 되어 버리자 분위기가 바로 반전되었다.

-오덕수, 신작 드라마 〈사랑의 여객선〉 캐스팅.

-조영세, 새로운 예능 〈먹고 합시다〉 출연.

뉴스를 보던 황주찬은 '쾅!' 하고 책상을 두들겼다.

"지금 뭐 하자는 짓거리야!"

분명 엔터테인먼트 협회 쪽은 출연시키지 말라고 했다. 그런데 그러한 경고가 완전 무시되고 있었다.

"아무래도 노형진이 그들을 직접 찾아간 것이 부담이 된 것 같습니다. 아시다시피 방송국들이 지금 사정이 좋지 않습니다."

프로그램 제작이 다 틀어지면서 방송은 빵꾸가 나기 직전인데, 그건 이만저만 큰 방송 사고가 아니다.

그나마 자체 제작은 덜한데 외주 제작은 노형진과 대룡의 압력이 어마어마했기 때문에 배우들을 쓸 수도 없는 상황이었다.

"양쪽 다 압력을 넣다 보니 제대로 촬영이 진행되는 게 없습니다. 방송국 입장에서는 그걸 막기 위해 이번 일을 진행하는 것 같습니다만……."

두한에서는 방송국에 압력을 행사해서 출연을 막았다.

그런데 방송국에서 그 압력을 풀어 버리면, 실질적으로 작동하는 건 대룡의 압력뿐이다.

당연히 불리해지는 것은 포직스엔터테인먼트이다.

아무리 포직스엔터가 규모를 불렸다고 해도 여전히 엔터테인먼트조합보다는 그 숫자가 적으니까.

그들을 잡아먹기 위해 시작한 일인데 그게 안 된다면 불리해지는 것은 포직스엔터다.

"망할…… 대룡 놈들, 왜 상관도 없는 일에 끼어들어서……."

그래서 일부러 대룡 쪽 배우들은 건들지 않았는데 대룡에서 선빵을 치다니.

"할 수 없지."

황주찬은 이를 악물었다.

저쪽에서 이렇게 나온다면 이쪽도 똑같이 나갈 수밖에 없다.

"제작사에 전화 돌려. 다른 언론을 통해 블랙리스트 정보 뿌리고."

"하지만 그게 가능할지 모르겠습니다."

"왜 못한다는 거야?"

"다른 사람도 아닌 노형진입니다. 방송국까지 틀어막았는데 과연 다른 언론사에서 기사화를 할지."

"안 하면 어쩔 건데? 우리 두한이야, 두한!"

언성을 높이는 황주찬에게 부하 직원은 조심스럽게 말했다.

"부장님, 언론사가 과거의 언론사가 아닙니다."

"뭔 개소리야?"

"얼마 전에 가짜 뉴스에 관한 법률이 통과되지 않았습니까?"

정확히는 취재 윤리에 관한 법률이었다.

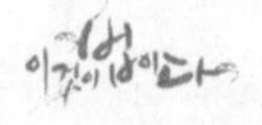

언론의 경우는 지금까지 브레이크가 없었다.

그런데 그 취재 윤리에 관한 법률에 따르면 허위 사실, 즉 증명할 수 없는 사실을 말하는 경우 그 책임이 어마어마했다.

더군다나 그 책임을 언론사뿐만 아니라 기자 개개인과 편집장, 언론사의 사주에게까지 물도록 해 놨다.

"그것 때문에 그걸 제보하기 위해서는 증거가 있어야 합니다."

"그 증거가…… 씨발!"

노형진과 대룡은 직접 찾아가서 일일이 얼굴을 보고 이야기했다.

그러니 그런 증거를 서류 같은 걸로 남겨 두지는 않았을 것이다.

"설사 녹음된 증거가 있다 해도 그걸 우리한테 제공할지……."

그걸 제공하면 대룡의 표적이 될 수도 있다.

그렇다면 누가 제공하겠는가?

"그리고 이런 말씀 드리면 죄송합니다만…… 그들은 우리 편이 아닙니다."

압력을 행사하는 것은 대룡이 맞지만 장기적으로 보면 대룡 쪽이 그들에게는 더 유리하다.

그럴 수밖에 없는 게, 두한과 포직스엔터테인먼트는 명백하게 이 업계를 잡아먹으려고 들어온 존재다.

오랜 경험상 제작사들은 특정 업체가 시장을 장악하면 어떤 꼴이 벌어지는지 충분히 알고 있었다.

출연료의 무차별적인 상승은 기본이고 신인들 끼워 팔기는 너무나 당연한 것이며, 자기네 배우들만을 위해 스토리를 만들도록 하기도 했다.

실제로 한국 시장에 다른 거대 기업이 없고 딱 세 개 엔터가 군림하던 때가 있었다.

그들이 저지른 갑질은 상상을 초월했다.

지금이야 다른 거대 회사도 생기고 한국엔터테인먼트조합이라는 군소 회사의 집단 대항도 가능하니까 그런 부작용이 없지만, 그때 그 소속사들은 제작사뿐만 아니라 연예인들을 노예 계약을 해 가면서 악착같이 빨아먹었다.

혼자서 시장을 다 잡아먹으려고 하는 포직스엔터.

그에 반해 오랫동안 최고의 자리에 있었지만 독점보다는 상생을 선택한 대룡.

과거의 경험상 심적으로 누구를 밀어줄지는 너무나 뻔했다.

"그런 상황에서 과연 우리를 위해 일할지는……."

"미친……."

황주찬은 생각과 너무나도 다르게 돌아가는 현 사태에 입술을 깨물 수밖에 없었다.

"빵꾸를 메꿔야지요."

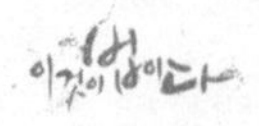

노형진은 유민택을 만나서 미소를 지었다.

"자네가 만든 상황 아닌가? 그런데 그걸 메꾸자고?"

"그렇습니다."

노형진은 고개를 끄덕거렸다.

사실 노형진이 바보도 아니고, 방송국과 완전히 척질 생각은 없었다.

"쥐도 도망갈 구석을 만들어 두고 몬다고 했습니다. 방송국이 망하게 할 수는 없지 않습니까? 제가 처리하고 싶었던 건 두한 쪽과 붙어먹은 고위 관리들이지 방송국 자체가 아닙니다."

"그거야 그런데, 어떻게 그 구멍을 메꾼단 말인가? 현실적으로 그게 가능한가?"

유민택은 말도 안 된다는 듯 고개를 흔들었다.

이미 방송국 쪽은 구멍 난 방송 시간을 메꾸기 위해 재방송 비율이 점점 높아지고 있었다.

당연히 국민들도 이상하다는 사실을 알아차리고 있었고 말이다.

"몰더라도 우리 편으로 몰아가야 합니다. 그래야 우리가 나중에 유리해지니까요."

"어떻게 말인가?"

"우리에게는 이미 제작된 드라마들이 많이 있지 않습니까?"

"우리한테?"

"그렇습니다."

"우리한테 드라마가 있다고?"

그건 유민택도 모르는, 금시초문의 소리였다.

수십억짜리 드라마를 자신도 모르게 그렇게 충분한 자금을 들여서 만들어 둘 수는 없는데 말이다.

그러나 노형진은 그런 그에게 예상치 못한 이야기를 꺼냈다.

"웹 드라마 말입니다."

"웹 드라마?"

"네."

웹 드라마.

인터넷 방송용으로 만들어진 드라마를 뜻한다.

정확하게 표현하자면 내수용이다.

네트웍플러스의 경우는 워낙 빵빵하게 지원해서 제작하기 때문에 웹 드라마가 되기에는 부적절하다.

"하지만 퀄리티가……."

웹 드라마의 기본은 저렴한 제작비다.

웹 드라마는 촬영에 들어가면 대부분 무명 배우들이 주연을 한다.

그리고 촬영에 들어가는 카메라나 장비 그리고 인원의 숫자도 터무니없이 적다.

정식 드라마가 영화관에서 상영되는 영화라면 웹 드라마는 독립 영화 같은 느낌이다.

당연히 돈이 없어서 초고속으로 촬영하기 때문에 촬영 기간도 무척이나 짧다.

좀 독하게 말하면, 웹 드라마는 연기자들이 정식으로 드라마에 데뷔하기 전에 연습하는 그런 것 취급이다.

'나도 과거를 몰랐다면 아마 이런 생각은 못 했겠지.'

그 퀄리티를 생각하면 웹 드라마는 절대 공중파에 내보내지는 못한다.

하지만 과거에 방송국들이 독재 정권에 항의하면서 파업을 하는 사태가 벌어졌을 때 그들의 선택이 바로 웹 드라마였다.

'그리고 생각보다 시청률이나 반응도 나쁘지 않았어.'

드라마의 미장센이니 퀄리티니 하는 부분들이 생각보다 일반 시청자들에게는 문제가 되지 않았던 것.

"우리가 가진 웹 드라마가 이미 열 개가 넘습니다. 새로 촬영 중인 것까지 하면 스무 개 정도 되지요."

"하긴, 우리는 신인 지원이 목적이니까."

애초에 대룡 인터넷 방송국의 목적 중 하나가 바로 신인의 지원이니까.

그렇게 찍은 웹 드라마를 인터넷에 공개하는 건 방송국처럼 한계가 있는 것도 아니었으니 충분히 찍어 두는 편이었다.

그렇다고 돈이 많이 드는 것도 아니었다.

상당수의 경우 소속사에서 웹 드라마를 만들고자 대본과

함께 일부 투자금을 가지고 오니까.

대본 같은 경우는 실력을 쌓으려고 하는 드라마 작가들이 짧게 써서 가지고 오는 경우도 많았다.

사실 어떤 면에서는 그러한 방식이 더 인기가 있었다.

방송에 나가는 드라마는 정해진 규칙에 따라 횟수를 맞춰야 하지만 웹 드라마는 그런 것도 없으니 딱 핵심만 뽑아서 재미있게 꾸밀 수 있기 때문이다.

"웹 드라마만 있는 건 아닙니다. 웹 예능도 있지요. 그걸 방송국에 파는 겁니다."

유민택은 묘한 표정이 되었다.

이 상황을 만든 자신들이 웹 드라마를 판다?

"병 주고 약 준다 이건가?"

"뭐, 틀린 말은 아니네요."

노형진은 어깨를 으쓱했다.

어찌 보면 병 주고 약 준다는 말은 지금 상황에 딱 맞는 표현이었다.

"그렇게 판매하면 방송이 빵꾸 나거나 하는 사태가 벌어지지는 않을 겁니다."

"일단 그건 방송국 쪽하고 협상을 해 봐야겠군."

"어렵지는 않을 겁니다."

방송국은 지금 코너에 몰려 있는 상황이니까.

다급해서 블랙리스트를 무시하라고 제작사에 이야기하고

있지만, 문제는 제작사가 블랙리스트를 무시하기에는 두한과 대룡이 너무 두렵다는 것이다.

"우리는 그것에 관한 제재 계획이 없지만 그걸 말할 수는 없지요."

이쪽에서 제재를 하지 않는다는 사실을 알게 되면 당연히 두한 쪽으로 넘어갈 테니까.

"그리고 이렇게 웹 드라마와 웹 예능을 방송하게 되면 제작사들도 난리가 날 겁니다. 어차피 뉴스 같은 건 그쪽에서 만드는 거니까 상관없는 일이고요."

"난리가 난다고? 어째서?"

"결국 이 바닥도 밥그릇 싸움 아닙니까? 후후후."

"뭐? 대룡에서 방송을 제작해서 넘긴다고?"

다음의 사장은 얼굴이 사색이 되었다.

안 그래도 드라마 제작이 빵꾸가 나서 사극이고 나발이고 기업이 넘어갈 판국이었다.

그런데 거기다 심각한 문제까지 터졌다.

"그렇습니다. 대룡에서 방송국에 인터넷 웹 드라마를 직접 제작해서 공급하겠다고 했답니다. 이미 제작된 건 방송국에서 다급하게 사 갔다고……."

"그게 무슨…… 염병."

그는 아차 싶었다.

두한은 방송국이 없다.

당연히 대안도 만들 수가 없다.

그에 반해 대룡은 인터넷 방송국이 있다.

그리고 대안도 있다.

"미친……."

그러면 어떻게 될까?

당연히 대룡은 자기네 사람들로 드라마를 만들어서 공급하면 된다.

그에 반해 포직스는?

직접 만들어서 공급할 대안이 없으니 그냥 손가락만 빨아야 한다.

물론 두한이 방송국을 만들어서 드라마를 공급할 수 있을지도 모른다.

하지만 그러기까지 못해도 2년은 걸릴 것이다.

그리고 그 돈이 한두 푼이 드는 것도 아니다.

"망했다."

대룡에서 공급한다고 하면 답은 나온다.

초대형 제작사가 등장하는 것이다.

그동안 대룡은 신인들의 등용문이자 얼굴을 알리는 통로였다.

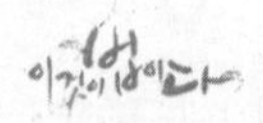

당연히 사람들의 지명도도 높았다.

하지만 그들은 그럼에도 불구하고 공중파나 종편에 대한 공급은 하지 않았다.

상생을 선택한 것이다.

하지만 이제 그 선이 무너지고 있었다.

"당장 차 준비해."

"네?"

"대룡인터넷방송국으로 간다."

이건 단순한 공급의 문제가 아니다.

제작사들의 몰락의 과정이 될 가능성이 높다.

"대룡으로요?"

"그러면 이대로 망하는 걸 보고만 있을 거야?"

안 그래도 포직스엔터에서 전화가 왔었다.

방송국에서 풀어 줬다지만 한국엔터테인먼트조합 쪽 연예인을 쓰면 망하게 하겠다고.

그러나 망하게 하겠다고 협박만 하는 상대와, 진짜 망하게 할 수 있는 상대는 전혀 다르다.

두한의 경우는 직접적으로 힘을 투사하기 힘들다.

기껏해야 투자사를 통해 투자를 끊어 버리는 정도일 것이다.

그런데 투자는 이미 끊어진 상태다.

반면에 대룡은, 그들이 시장 자체를 아예 다 먹어 버리면 제작사들은 죽는 수밖에 없다.

"어, 나야. 지금 이야기 들었지? 무슨 이야기냐고? 정보도 안 모으고 뭐 하는 거야? 대룡에서 제작에 뛰어들었다고! 우리를 다 말려 죽이려고 하는 거야! 당장 연락 돌려서 대룡인터넷방송국으로 모여!"

그의 목소리는 사정없이 떨리고 있었다.

⚖

"제발 살려 주십시오."

"이대로는 다 죽습니다."

PPL도, 광고도, 투자도 다 끊어져 버린 제작사들.

거기다 시장을 먹기 위해 들어온 대룡인터넷방송국.

코너에 몰린 사람들은 결국 항복을 선택했다.

"저희도 방법이 없습니다. 뭐, 저쪽에서 우리를 말려 죽이려고 하는데 어쩌겠습니까?"

노형진은 차분하게 말했다.

이제 미친놈 포지션에서 슬슬 벗어나야 한다.

'적을 너무 많이 만들어도 안 된단 말이지.'

대룡의 가치는 결국 상생이다.

미친놈 포지션을 취하면 당장에야 상대도 겁을 먹고 꼬리를 말겠지만, 선을 넘으면 살아남기 위해서라도 이쪽을 죽이려 하게 되는 게 인간이다.

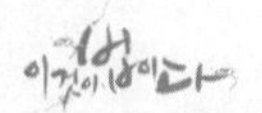

결국 방송이라는 건 제작사와 엔터테인먼트 그리고 방송국의 상생으로 만들어지는 것.

그걸 무너트리면서 다 잡아먹는다면 포직스나 두한과 다를 바가 없다.

"저희가 포직스 쪽과는 아예 선을 끊어 버리겠습니다."

"흠……."

노형진은 잠깐 고민하는 척했다.

저쪽에서 고개를 숙이면 이쪽에서는 손을 내밀어야 하는 법.

"그건 무리 아닌가요? 솔직히 지금 포직스로 넘어간 연예인들이 한두 명이 아닌데."

"그건 그렇지만……."

"그러면 이렇게 하지요."

"어떻게요?"

"지금 출연하는 포직스 쪽의 사람들에 대해서는 저희도 터치하지 않겠습니다. 단, 추가 출연은 금지입니다. 그들이 포직스에서 나오기 전에는, 다른 프로그램에 넣는 것도 금지입니다."

다들 고개를 격하게 끄덕거렸다.

그 정도면 충분히 수긍하고도 남을 만한 조건이니까.

사실 지금까지 싸웠던 걸 생각하면 터무니없이 좋은 조건이라고 할 수도 있다.

"그리고 그 부족한 제작비 부분에 관해 말인데요."

"아, 그게……."

일단 전쟁이 끝나서 다시 제작에 들어갈 수 있게 되었지만 정작 그럴 돈이 없다.

"그건 제가 투자해 드리지요."

"네?"

"정확하게는 마이스터에서 투자할 겁니다. 부족한 부분에 관해서는 말입니다."

그러자 사람들의 눈이 커졌다.

'앙금은 남기면 안 되지.'

아무리 좋게 해결한다고 해도 저들의 마음에 이쪽에 대한 분노가 남지 않을 수는 없다.

그걸 최대한 줄여야 나중에 편하다.

"제작비, 부족하지 않으십니까?"

"그게…… 그런데……."

당연히 부족하다. 지금 모든 게 끊어진 상황이니까.

"광고나 PPL 등이 모두 정상화될 때까지 저희가 지원하겠습니다."

"가, 감사합니다."

망하지 않고 살아남을 수 있는 길이 생기자 사장들은 고개를 숙였다.

"별말씀을요."

노형진은 웃고 있었다.

'나야 웃지만, 누군가는 울겠지, 후후후.'

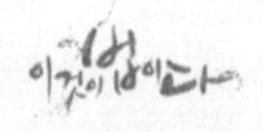

하이 리스크 하이 리턴

"우리가 진 것 같습니다."

황주찬은 그 말을 믿을 수가 없었다.

자신이 얼마나 공을 들였던가? 그런데 진 것 같다고?

"농담해? 지금 멀쩡하게 출연 다 하고 있잖아?"

자신들이 집어넣은 배우들은 멀쩡하게 활동하고 있다. 그런데 졌다니?

그러나 이어지는 다음 말에, 그는 졌다는 걸 인정할 수밖에 없었다.

"대본이나 콘택트가 안 들어옵니다."

"뭐?"

"정상적인 상황이라면 대본이나 콘택트가 들어와야 합니다."

방송 업계는 365일 돌아간다. 명절이라고 쉬고 그런 거 없다.

당연히 방송 일정을 빈틈없이 메꾸기 위해 끊임없이 제작되어야 한다.

"아예 우리에게 오는 연락 자체가 없습니다."

그건 비정상이다.

하루에도 대본이 최소한 두 개는 들어와야 한다.

들어오는 대본이 다 제작되는 것도 아니니까.

드라마 기준으로 대본이 뿌려지고, 배우들이 출연하고자 하면 그걸로 투자자나 방송국을 찾아가는 게 보통이다.

그런데 대본 자체가 없다? 그건 말도 안 된다.

"제작사에서 우리를 커트하는 겁니다."

부정할 수 없는 사실에 황주찬은 입술을 깨물었다.

'어디서부터 잘못된 거지?'

일본에서 오는 빵빵한 지원금, 그걸로 한국 방송계를 집어삼킬 계획이었다.

작은 곳부터 하나하나 집어삼키면서 궁극적으로 이쪽을 좌지우지한다면 두한도 다시 살아날 수 있었다.

그런데 그 모든 게 글러 먹은 것이다.

"도대체! 왜 대룡에서 끼어든 거야!"

대룡은 이번 일과 관련이 없어야 했다.

실제로 대룡 쪽은 쳐다보지도 않았다.

명백하게, 이번 경우는 제3자인 대룡이 선빵을 친 것이다.

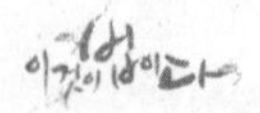

"미친놈들!"

지금까지 대룡은 거의 선공을 하지 않았다.

그래서 모든 일을 계획하고 준비한 것이었다. 그런데…….

"어쩔 수 없지. 당분간은 꼬리를 말고 조용히 있어야지."

포직스로 들어온 연예인은 한두 명이 아니다.

지금이야 상황이 안 좋지만 시간이 지나면 결국 모두를 출연시킬 수밖에 없을 것이다.

조연이야 어쩔 수 없지만, 톱클래스 배우들의 경우는 그러한 제한을 걸기에는 너무나 매력적이니까.

"포직스 쪽에, 당분간은 조용히 있으라고 해. 그리고 돈 안 되는 애들은 쳐 내라고 하고."

돈이 안 되는 애들, 즉 조연들은 그냥 잘라 내라는 말이었다.

어차피 조연들을 그렇게 무리해서 끌어들인 이유는 그들을 소송전으로 몰아가서 출연을 막고 소속 배우들을 그 자리에 넣기 위해서였다.

'그러고 보니 도리어 역으로 당한 거 아냐?'

문득 불안한 생각이 들었다.

그러나 황주찬은 고개를 흔들며 불안감을 지웠다.

어차피 별거 아닌 조연들이다. 그런 놈들이 할 수 있는 일은 없다.

그는 그렇게 생각했다.

"확실히 알아냈습니다. 일본 극우 세력의 자금입니다."

오랜 추적 끝에 두한에 들어온 자금의 통로를 확인했다.

그리고 예상대로 그것은 일본의 극우 자금이었다.

"웃기는군. 툭하면 한국을 욕하면서 자금 세탁은 한국을 이용한다고?"

"그들에게 한국은 진짜 미운 상대가 아니라 도구니까요."

물론 그들은 여전히 한국을 미워하고 증오한다.

그래야 그나마 얼마 남지 않은 극우 세력이 힘을 합해서 저항할 수 있으니까.

"현재 조사 결과, 두한으로 흘러들어 간 자금은 대략 3천억 정도라고 하더군요."

"많지 않군? 극우 세력의 자금이 떨어졌나?"

의아한 듯한 유민택의 물음에 노형진은 고개를 저었다.

범죄자들의 자금 세탁이야 하루 이틀 봐 온 게 아니니까.

"제가 봐서는 더 됩니다. 하지만 일종의 테스트인 셈이지요."

"테스트?"

"그렇습니다. 그들이 가진 돈이 얼마인지는 모르지만, 처음부터 다 집어넣지는 않을 겁니다."

상대방에 대한 믿음 문제도 있고, 갑자기 큰돈이 움직이면 일본 정부든 한국 정부든 알아차릴 테니까.

"고작 3천억이라고? 그걸로 한국 방송계가 이렇게 흔들렸다고?"

유민택은 살짝 당혹스러운 눈치였다.

한류는 이미 전 세계로 퍼져 있다.

그 안에서 3천억은 진짜 얼마 안 되는 돈이다.

그런데 그 정도로 이렇게까지 흔들릴 줄이야.

"한국의 문제라고 해야 할까요?"

노형진은 머리를 긁적거렸다.

"권력이 워낙 집중되어 있으니까 그들이 마음만 먹으면 뭐든 할 수 있는 거죠."

"방송국 말이군."

"그렇습니다."

한류가 아무리 대단하다고 해도 결국 어느 정도 성장하기 위해서는 방송국의 도움이 절대적으로 필요하다.

그나마 가수들은 조금 덜한데, 예능이나 드라마 같은 경우는 절대적인 영향력을 가진다.

"한국 방송계는 네트워플러스에 극도로 적대적입니다. 왜 그런지 아시지 않습니까?"

"흠…… 하긴, 그건 그렇지. 그쪽은 자기들의 영향력이 줄어드는 걸 원하지 않으니까."

상업으로 보면 지금까지는 방송국이 모든 유통 통로를 쥐고 있는 백화점 같은 존재였다.

그래서 거기에 들어가지 않으면 물건 판매 자체가 불가능했다.

"하지만 옆에 초대형 마트가 생긴 거죠."

그러니 독점적 지위를 잃어버리게 된 그들 입장에서는 당연히 반갑지 않을 수밖에.

"장기적으로 방송국, 특히 공중파는 적자로 돌아갈 겁니다."

"적자라고?"

"그렇습니다."

광고할 수 있는 통로도 많아지고, PPL 같은 경우는 제작사에서 다 먹는 게 보통이다.

더군다나 드라마를 판매하는 곳도 점점 많아질 테고.

나중에는 일개 유튜버만도 못하게 된다.

물론 그 유튜버가 규격 외이기는 하지만, 어찌 되었건 방송국의 전체 순수익이 유튜버에 비해 떨어지는 순간이 온다.

"고인물이 되니까요."

승진하는 구조의 회사에서 결국 윗자리를 차지하는 것은 과거의 감성을 가진 기존의 근무자들일 수밖에 없다.

그러니 변화에는 느리고 권력은 놓지 않으려고 하다 보니 그런 문제가 생기는 것.

"그건 나중 문제고, 사실 우리와는 상관없는 문제이기도 하니 그만하지요. 중요한 건 일본에서 시험적으로 들어온 돈이니까요. 그걸 털어 내면 그쪽에서도 한국에는 더 이상 얼씬도 안 할 겁니다."

"그렇지. 그 돈은 한국으로 들어와서는 안 되는 돈이야."

일본 극우 세력의 돈이라서 그런 것이 아니다.

노형진이 누차 말하는 거지만 돈에는 국적이 없다.

"맞습니다. 세탁된 자금이니까요."

세탁된 자금은 일반 자금과 좀 다르다.

일반적인 투자금이라고 하면 당연히 두 손을 들어 환영할 일이다.

그러나 세탁된 자금은 기본적으로 깨끗하지 않은 돈이라는 게 문제다.

당연히 한곳에 오래 고여 있으면 걸린다.

그 때문에 빠르게 치고 나간다.

단순 투자가 아니라 사기에 가까운 운영 방식이다.

쉬운 예로, 한 지역의 부동산에 그러한 사기 자금이 투입되면 그 지역의 땅값은 미친 듯이 상승한다.

얼핏 보면 그 지역에 투자가 활성화되고 미래에 돈이 될 것처럼 보인다.

그러나 정상적인 투자가 아니기에 그런 세탁된 자금은 순식간에 정리되어 나가 버린다.

그렇게 되면 남은 건 터무니없이 비싸진 땅값뿐이다.

당연히 한번 오른 땅값이 떨어지는 경우는 거의 없고, 그 결과 그 지역의 주민들과 혹해서 들어온 사람들만 막대한 피해를 입게 되는 것이다.

"그런 세탁된 자금은 미래를 빨아먹는 돈이니까요."

투자란 파이를 키워서 나눠 먹는 행위.

하지만 자금 세탁은 미래의 성장 동력까지 빨아먹는 행위다.

그렇기에 그 두 가지는 전혀 다르다.

"아마도 두한은, 상황이 좋지 않으니 자금을 세탁해 줄 목적이었던 것 같습니다."

그들이 가진 돈이 얼마인지는 모르지만 두한이 관심을 가질 정도면 적지는 않을 것이다.

"뭐, 그걸 날려 주면 이쪽으로 접근도 못 하겠지만요."

"그래서 어떻게 날릴 건가? 그게 궁금한데. 물론 포직스가 일단 공격할 상황이 아니기는 하지만, 그렇다고 해서 영원히 저렇게 둘 수는 없지 않나?"

나중에 이름을 바꿔서, 혹은 다른 가면을 쓰고 영업할 수도 있다.

사실 그쪽으로 간 배우들에게 무슨 잘못이 있겠는가?

물론 돈을 더 준다는 말에 혹해서 계약을 파기하고 간 사람들은 문제가 있지만, 마침 계약이 끝나 돈을 더 받으려고 옮겨 간 사람들은 아무런 잘못도 없다.

"일단은 역으로 소송을 걸어야지요."

"누구한테?"

"포직스에 말입니다. 조연들은 지금 난리가 났을 테니까요. 그런데 난리가 난 게 그들만일까요?"

포직스엔터의 출연 금지. 그게 소문이 나지 않았을 리가 없다.

⚖

"영식아, 그게 무슨 말이야? 어디도 못 간다니?"

"형, 나도 이런 말 하기 그런데, 포직스엔터 소속은 출연이 금지되었다고 하더라고."

매니저들.

그들은 필연적으로 연예인들과 친해질 수밖에 없다.

그리고 그런 매니저들의 가장 큰 문제는 파리 목숨이라는 거다.

물론 자기가 담당하는 연예인이 잘나가고 친하다면 그럴 일은 없다.

하지만 소송에 걸려서 몇 년간 방송 활동도 불투명하다면?

그리고 그를 밀어줘야 하는 회사도 불안하다면?

"그게 무슨 소리야?"

"형 지금 소송 중이잖아."

"그거야…… 그렇지……."

전 소속사를 배신하고 넘어온 이들은 포직스에서 아직 활동을 하지 못하고 있었다.

일단 소송 중이니까.

"그런데 이번에 포직스가 대룡하고 붙어서 완전히 깨졌잖아."

"깨져? 그게 무슨 소리야?"

"형, 진짜 아무것도 몰라?"

"모르니까 묻는 거 아냐!"

"포직스에서 대룡 쪽 사람들을 출연 금지시키려다가 대판 붙어서 결국 졌어."

그 때문에 역으로 포직스 쪽에 출연 금지가 걸린 상황.

이미 출연 중인 사람들은 그나마 괜찮지만 조연급들의 경우는 심각한 문제가 될 수밖에 없었다.

"그, 그게 무슨 소리야? 그러니까 내가 출연할 수 있는 방법이 없다는 거야?"

"그런가 봐. 그래서……."

민영식은 자신의 담당 연예인인 한수광에게 조심스럽게 이야기를 꺼냈다.

"아마 나도 조만간 정리될 것 같아."

"뭐?"

"그렇잖아. 매니저가 왜 필요한데?"

당연하게도 조연들이 활동하지 못하면 그 비용을 줄여야 한다.

그런 상황에서 매니저들은 말 그대로 짐일 뿐이다.

"이런……."

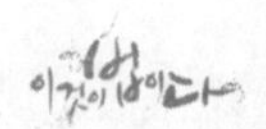

한수광은 입술을 깨물었다.

그럴 수밖에 없는 게, 조연들에게 매니저는 필수 중의 필수다.

단순히 촬영장까지 태워다 주고 태워 오는 그런 게 아니다.

수많은 오디션 정보를 가져다주고 같이 성공하기 위해 발로 뛰는 사람들, 그들이 매니저다.

그들이 없는 상황에서 배우 혼자 뭘 하는 것은 한계가 있다.

더군다나 매니저를 자르고 배우들을 방치한다는 것은 결국 배우들도 버린다는 거다.

"어쩌지? 그러면 지금이라도 돌아가야 하나?"

한수광은 침을 꿀꺽 삼키며 자리에서 일어났다.

다른 곳도 아닌 대룡에서 포직스엔터 출연 금지를 내렸다면 자신의 미래는 끝장이니까.

"더군다나 얼마 전에 그 방송에 나간 거, 웹 드라마."

"그건 또 왜?"

"거기 출신들이 조연으로 대거 활동한다고 하더라고."

"그게 무슨 소리야?"

"말 그대로야. 그쪽에서 방송에 나갔던 사람들, 그 사람들 계속 쓴대."

"그게 말이나 돼?"

"그게…… 어쩔 수 없잖아, 형. 조연은 조연일 뿐이라고."

중요하기는 하지만 결국 배경이다.

준주연급이 아닌 이상에야 결국 그다지 중요하지 않은 역할이다.

그런 상황에서 웹 드라마 출신이라지만 그들 역시 그래도 나름 주연이었던 사람들.

그에 반해 소송에 걸려서 출연도 몇 년씩이나 못 하는 자신들.

"이대로는 형도 끝장날 거야."

자신을 대체할 수 있는 사람들이 대거 등장하고 그들이 더 앞서 나가기 시작하면 자신의 미래는 끝장이다.

그 생각에 한수광은 똥줄이 타기 시작했다.

"당장 회사에 가 봐야겠어."

"소용없을걸. 내가 듣고 온 거야. 이미 그쪽은 난리야. 우리 회사에 속한 조연이 몇 명이라고 생각해?"

"뭐? 그게 무슨 소리야?"

사실 회사에 속한 연예인의 총 숫자는 잘 모른다.

하루가 멀다 하고 새로운 사람이 들어오는 데다가 따로 모임을 만든 적도 없으니까.

좀 독하게 말하면 조연급들은 죄다 라이벌이나 마찬가지였다.

"남자만 마흔 명이야, 형."

"배우가?"

"아니, 조연급만."

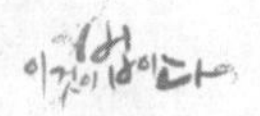

"그……."

"주연급들은 어차피 지금 맡은 드라마가 있으니까 당장은 문제가 안 되는데."

"그렇게 많다고?"

"무차별적으로 받아들였잖아. 형도 그렇게 들어온 거 아냐?"

남자 배우만 마흔 명. 그렇다면 여자 배우는 족히 예순 명은 넘을 것이다.

아무리 회사가 크다 해도 조연급을 백 명이나 데리고 있을 필요는 없다.

"결국 정리에 들어갈 거야."

"씨발, 그러면 어쩌자는 거야?"

결국 터지는 한수광.

그런데 그런 그에게 영식이 조용히 목소리를 낮춰 이야기했다.

"그런데 그…… 조세빈 씨 있잖아."

"세빈이? 걘 또 왜?"

"그 애가 다시 돌아갔대. 그리고 이번에 네트웍플러스에서 나오는 신작에서 주연급 역할을 맡았다고 하더라."

"뭐?"

정신이 번쩍 든 한수광은 영식을 붙잡았다.

"그게 무슨 말이야? 다시 말해 봐."

"나도 몰라. 그것만 알아. 그쪽 소송도 정리하고, 돌아가서 다시 주연급이 되었다고.”

“그 말은 그쪽으로 돌아갈 수 있다는 소리야?”

“그러니까 돌아간 거겠지? 나도 들은 얘기라…….”

영식은 한발 빼는 듯 말하고 있었지만 그의 눈은 이렇게 이야기하고 있었다.

돌아갈 때 나도 데리고 가라고. 그래서 같이 살자고.

“세빈이가 돌아갔단 말이지…….”

얼마 전에 조세빈은 드라마 촬영장에서 난동을 부렸었다.

그런데 그런 아이조차 돌아가서 주연급이 되다니.

“그거 아직 촬영 안 들어갔지?”

“네트웍플러스 드라마? 아닌 걸로 알고 있어.”

“내가 한번 연락 좀 해 보자.”

한수광은 간절한 목소리로 말했다.

“오빠한테 말하면 벌써 서른 번째인데.”

조세빈은 자신을 찾아온 한수광에게 말하면서 웃었다.

그리고 그 미소에 한수광은 가슴이 서늘했다.

무서워서?

아니다. 서른 번째 같은 이야기를 한다는 그녀의 말 때문이다.

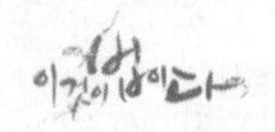

즉, 자신 말고도 다른 조연들도 이탈을 계획하고 있다는 소리다.

"넌 어떻게 들어간 거야?"

"간단해요. 소송이 다르니까요."

"소송이 다르다고?"

"네, 저도 변호사에게 이야기를 들었어요."

소송이 다르다.

이건 두 객체가 다르기 때문에 벌어지는 문제였다.

"우리가 원래 소속사에 건 소송은 계약 부존재 소송이잖아요."

"그건 알지."

이미 계약이 되어 있지만, 그 계약이 정당하지 않아서 효력이 없다고 주장하는 소송.

당연히 그건 무리한 소송이었다.

전 회사가 잘못했다는 확실한 증거가 없으니까.

"그게 끝나야 방송에 얼굴이라도 비치잖아요."

"그건 그런데……."

"하지만 뭐, 오빠도 알았으니까 왔겠지만서도."

현 상황에서 자신들은 끝장난 것이나 마찬가지다. 포직스에서는 자신들을 버렸으니까.

"그래서 저는 그 계약 부존재 소송을 취소한 거죠."

"어? 그게 그렇게 간단하게 끝나?"

"문제 될 게 있나요?"

자신들이 걸었던 계약 부존재 소송을 취하하면 계약은 멀쩡하게 살아 있는 게 된다.

상대방은 지금까지 계약의 존재가 멀쩡하게 살아 있다고 주장했으니까.

"그게 끝이라고?"

"뭐가 달라져요?"

"어, 그러니까……."

딱히 문제가 될 건 없다.

계약 부존재 소송이 효력이 없다고 주장해 온 과거의 소속사에서, 취하된 소를 놓고 이제 와서 '사실은 계약이 끝났습니다.'라고 말할 이유는 없다.

'고작 그게 끝이라고?'

어리둥절한 표정이 되는 한수광.

그런데 생각해 보니 정말 그게 끝이기는 하다.

"그런데 포직스에서 그걸 놔둬?"

"그럴 수밖에 없죠. 포직스에서 우리한테 뭘 해 줬는데요?"

"그건 그런데……."

조세빈은 운이 좋아서 다른 곳에 조연으로라도 들어갔었지만 자신들은 아무것도 못 하고 소송에 휘말려 있을 뿐이었다.

"하지만 너 포직스엔터랑 계약한 거 아냐?"

그러면 이중 계약이 된다.

그런 경우 포직스엔터가 소송을 걸어야 정상이다.

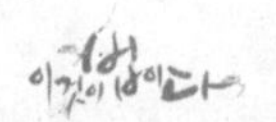

"오빠도 알면서 왜 그래요? 포직스엔터는 애초에 우리를 키워 줄 생각이 없었어요."

"그건 그런데……."

사실 계약할 때만 하더라도 포직스엔터는 자기들이 변호사를 사서 모든 걸 다 해결해 준다고 했다. 심지어 위약금이 있다면 그 위약금 역시 내준다고 했다.

그러나 정작 넘어온 이후, 포직스는 그에게 아무것도 해주지 않았다.

변호사도 없었고 약속한 위약금도 없었다.

그리고 소송 중이라 일하지 못한다는 것을 이유로 어떠한 지원도 없었다.

명목상의 매니저 한 명이 그들이 제공한 전부였다.

조세빈 역시 그들이 일거리를 준 게 아니라 제작사 쪽에서 그녀를 요구한 것이었다.

물론 그 제작사를 통해 요구한 게 노형진이라는 것은 그 누구도 몰랐다.

노형진은 대립을 터트릴 방아쇠가 필요했고, 그 역할을 한 것이 바로 조세빈이었던 것.

"그래서 변호사한테 물어보니까 이런 경우는 계약 부존재 소송이 아니라 계약 무효 소송이 된다고 하더라고요."

"그 차이가 뭔데?"

"그게, 좀 미묘한데……."

계약 부존재 소송은 계약이 더 이상 존재하지 않는다는 것을 의미한다.

쉽게 말해서 취소하는 거라고 볼 수 있다.

계약이 무효화되기 위해서는 시작 단계부터 잘못된 것이어야 한다.

그러나 전 소속사와 되어 있던 계약은 시작 단계에서 무효화할 수 있는 성질의 계약이 아니다.

한국엔터테인먼트조합의 표준 계약서는 노형진이 일방이 불리해지지 않는, 공정한 형태로 만든 것이니까.

"부존재 소송은 지금부터의 관계가 끊어지는 거라는 거고, 포직스에 거는 계약 무효 소송은 처음부터 계약이 효과가 없었다는 거고."

그에 반해 포직스에서 한 계약은 공정 약관인 6개월에 걸린다.

이게 무슨 소리냐면, 연예인은 특별한 경우가 아닌 한 계약 종료 6개월 전부터만 다른 곳에서 접촉이 가능하다는 뜻이다.

즉, 그 이전에 접촉해서 계약하자고 협상하는 것은 불법이라는 거다.

아이러니하게도 노형진이 과거에 대룡엔터를 세우면서 무차별적으로 연예인을 사냥하자 그걸 막기 위해 만들어진 규정이었는데, 노형진이 그걸 노리고 사용한 것.

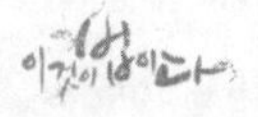

"거기다가 계약 이후에 포직스에서 지킨 게 없잖아요."

변호사도, 심지어 계약 해지에 따른 배상금도 주지 않았다.

말 그대로 자신들을 방치하고, 자신들이 원하던 자리는 다른 사람들이 먼저 노렸다는 이유로 자기들이 키우는 사람들만 밀어 넣어 줬다.

"그것만 가지고도 무효 소송은 가능하다고 하더라고요. 저 같은 경우는 포직스에서 항소를 포기해서 확정된 거고요."

"항소 포기?"

"답 나오는 거 아니에요? 날 버렸다는 거지요."

포직스 입장에서는 여기서 소송에 반박해 버리면 어마어마한 짐을 짊어지게 된다.

반박할 경우 소송이 길어짐은 물론, 이미 필요 없게 된 조연의 인생을 책임지고 변호사비와 상대방 회사에 대한 위자료까지 줘야 하기 때문이다.

그렇게 소송까지 해서 붙잡아 두고 출연을 막을 만큼 조연급들이 가치가 있는 것도 아니다.

그러니 위자료를 주지 않고 그들의 인생을 끝장내려고 했던 계획을 성사시키기 위해서라도, 반박해서는 안 되는 것이다.

"그러니 차라리 돌아가게 놔두는 거죠."

아주 간단한 방법.

소송의 이름이 달라질 뿐인데 그게 효과가 있다는 것이다.

"하지만 백 명이나 되는 사람들이 한꺼번에 소송하면……."

그 타격은 어마어마할 수밖에 없다.

조연들의 이탈이야 그렇다고 해도, 주연급 연기자들이나 톱클래스의 가수들이 바보도 아니고 그렇게 우수수 이탈하는 사람들을 보면서 자기들한테 케어를 집중해 줄 거라는 행복한 생각을 하지는 않을 테니까.

"그런 걸 잘해 주는 분들이 있더라고요."

조세빈은 빙긋 웃었고 한수광은 침을 꿀꺽 삼키면서 말했다.

"그분들이 누군데?"

새론, 정확하게는 노형진은 몰려드는 사건에 바빠서 정신이 없었다.

자신이 준비한 모든 것이 승리를 위한 것이기는 하지만 그렇다고 해서 모든 소송을 직접 다 할 수는 없다.

"빨리 사건을 정리해서 다른 변호사들에게 넘겨야지."

노형진은 몰려드는 피곤을 머리를 흔들어 털어 내면서 재판에 집중했다.

재판은 이제부터 시작이니까.

"원고 측, 진술하세요."

여기저기서 계약 무효 소송을 걸자 처음에는 가만히 보고 있던 포직스 쪽은 아차 싶었는지 다급하게 항소했다.

그렇게 몰려든 소송들로 연예인들이 이탈하면 내부 분위기가 살벌해질 수밖에 없으니까.

"친애하는 재판장님, 저희 의뢰인인 한수광 씨와 피고 측인 포직스엔터와의 계약은 원천적으로 무효입니다."

"그 계약은 법률에 근거하여 정상적으로 이루어진 것입니다!"

노형진의 말이 나오기 무섭게 그의 말을 자르는 상대방 변호사.

하지만 노형진은 딱히 화내지 않았다.

'엄청 쫄리나 보네.'

변론할 때는 기본적으로 상대방의 말을 끝까지 들어 줘야 한다.

그런 기본적인 예의를 변호사가 모를 리가 없다.

그런데 그럼에도 불구하고 저런다는 건, 그것조차 잊어버릴 만큼 겁이 난다는 거다.

'그러면 나야 땡큐지.'

스스로도 불리하다는 걸 알고 있으니 당연히 쫄릴 수밖에.

"피고 측 변호인, 갑제 1호증을 보면 알겠지만 계약 당시 원고 측은 전 소속사와 여전히 4년의 계약 기간이 남아 있었습니다. 그리고 규정에 따르면 각 연예인들은 특별한 사정이 없는 한 계약 종료 6개월 이전에는 접촉이 불가능하게 되어 있습니다."

"그건 법률도 아니고 약관 아닙니까!"

"확실히 그렇기는 하지요."

법률로 그러한 규정이 정해지면 좋겠지만, 애석하게도 정치인들이 그렇게 열심히 일하지는 않는다.

더군다나 일반적으로 로비를 하는 것은 기업이지 연예인이 아닌지라, 정치인들이 연예인들에게 도움이 되는 법을 만들어 주지는 않는다.

"공정거래상의 표준 약관이지요."

"우리는 그 공정거래 표준 약관으로 계약한 게 아닙니다만."

"분명 그렇습니다. 하지만 표준 약관이라는 게 생긴 이유를 생각해 주셔야 합니다, 재판장님. 사적인 거래를 위한 계약의 범위가 어디서부터 어디까지인지 말입니다."

노형진은 그렇게 말하면서 상대방 변호사를 바라보았다.

'공정거래 표준 약관을 들고나오니까 할 말이 없지?'

원래 연예계에는 표준 공정 약관이라는 게 없었다.

그 탓에 기획사 측에서 터무니없는 노예 계약을 제시하고 그걸 이용해서 연예인들을 뜯어먹으면서 심각한 사회문제가 되자, 결국 정부에서는 표준 약관을 만들기에 이르렀다.

약한 연예인의 이야기가 아니다.

한국 음악계의 대부이자 가장 큰 별이라고 하는 조용팔조차도 그런 계약서에 묶여서 자신의 저작물을 모조리 회사에 뜯겨 버렸다.

그는 1세대 싱어송라이터, 즉 스스로 노래를 만들 수 있는 가수였지만, 그렇게 만든 노래는 소속사라는 놈들이 계약으로 묶어서 강제로 저작권을 빼앗아 버렸다.

지금은 그나마 나아졌지만 그 당시만 해도 기획사의 사장이 가지는 힘은 절대적이라서, 전화 한 통만 하면 한국에서 가장 잘나가는 연예인조차도 당연하게 블랙리스트에 오르던 시절이라 저항할 수도 없었다.

"하지만 그건 어디까지나 권고 사항입니다, 재판장님."

피고 측 변호사는 애써 항변했다.

물론 그 말은 사실이다.

그건 실제로 권고 사항이고, 지키지 않는다고 해서 처벌되지는 않는다.

'하지만 아예 강제력이 없는 것은 아니지.'

표준 약관이라는 것에 그걸 지키라는 강제력은 없다.

하지만 선을 지키라는 일종의 암묵적인 강제력은 분명 존재한다.

예를 들어 표준 약관이 5년간 5 : 5의 계약이라면, 계약에 따라 6년 6 : 4 정도는 법원에서도 인정해 준다.

그러나 강제력이 없다는 이유로 20년간 9 : 1이라는 식으로 터무니없이 계약하면 법원에서는 그걸 인정해 주지 않는다.

'결과적으로 피해를 입증해야 그게 효과를 발휘하지.'

노형진은 그렇게 생각하면서 미리 준비한 서류를 꺼내 들었다.

"재판장님, 갑제 3호증부터 17호증까지 봐 주시기 바랍니다. 해당 내용은 원고 한수광의 전 소속사에서 한수광을 연예인으로 데뷔시키기 위해 쓴 돈입니다."

그냥 춤과 노래를 연습시킨다고 해서 모든 게 끝나는 것은 아니다.

물론 한수광의 경우는 배우고, 아이돌보다는 상대적으로 돈이 적게 들어가는 것은 사실이다.

그렇다고 해서 얼굴이 잘생겼다고 그냥 다 배우가 될 수 있는 것은 아니었다.

"연기 연습에 1억, 영어 연수에 5천만 원, 중국어 연수에 6천만 원……."

물론 이 안에는 PD들이나 작가들에게 주는 선물이나 뇌물의 값은 빠져 있었다.

그럼에도 불구하고 피해액은 무려 3억.

그만큼 한 명의 연예인을 키우기 위해 들어가는 돈은 어마어마하다.

"보다시피 한수광 씨를 키우기 위해 소속사에서 지난 3년간 들인 돈이 3억에 달합니다."

원래 계약은 7년. 그런데 3년간 투자해서 쓸 만하게 만들어 놨더니 그걸 톡 채 간 것이다.

'정확하게는, 출연을 막아서 그 자리를 자기들이 빼앗고 싶었던 것이겠지만.'

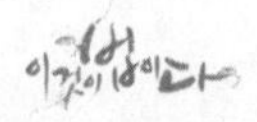

어찌 되었건 전 소속사에 피해를 준 것은 사실이었다.

"그건 한수광 씨와 전 소속사의 문제입니다."

"그건 이미 사건이 종료되었습니다. 소는 취하되었고, 한수광 씨는 소속사로 돌아가기로 결정했습니다. 그 문제는 완전 별개의 사건입니다."

그리고 차가운 눈빛으로 변호사를 바라보는 노형진.

"남은 것은 한수광 씨와 피고인 포직스엔터의 문제이지요. 아, 하나 더 있군요. 손해배상의 문제."

"뭐라고요?"

손해배상이라는 말에 눈이 커지는 변호사.

"당연한 거 아닙니까?"

한수광은 그들에게 놀아나 방송 출연도 못 했고 이미지도 하락되었다. 그 피해는 전 소속사와 한수광 모두가 받게 되는 것이다.

그 모든 것이 포직스엔터에서 저지른 일이다.

"그 문제는 별개의 사건인 만큼 따로 소송하도록 하겠습니다."

노형진은 그렇게 말하면서 피식 웃었다.

"중요한 것은 포직스엔터가 한수광 씨에게 접근하여 감언이설로 신의성실을 위반하도록 유도했다는 것입니다."

그러면서 새로운 기록을 꺼내는 노형진.

"그렇게 계약을 한 한수광에게 포직스엔터 측에서 지원한 것은 전혀 없습니다."

기본적으로 지원이라는 것은 단순히 매니저만 붙여 주는 게 아니다.

미용실 비용에서부터 오디션 비용 등등, 그 모든 걸 다 지원해 줘야 한다.

"원고인 한수광의 말에 따르면 피고 측은 소송비용과 위자료까지 모두 회사에서 지급한다고 했습니다. 그럼에도 불구하고 단 한 푼의 자금도 지원하지 않았습니다."

"그건 아직 소송 중인지라……."

"그랬으면 변호사 비용이라도 지급했어야지요."

하지만 포직스는 그마저도 이런저런 핑계를 대면서 끝까지 돈을 주지 않았다.

"하지만 저희도 나름의 지원은 했습니다. 지속적으로 오디션 자리를 주선했고요. 소송 문제로 시끄러워서 다른 곳에서 안 쓴 것은 사실입니다만."

노형진은 고개를 끄덕거렸다.

그게 그들이 노리는 바였다는 건 안다.

"재판장님, 갑제 27호증을 봐 주시기 바랍니다."

재판장은 증거를 뒤적거리다가 말했다.

"이게 뭡니까?"

"그들이 원고 한수광 씨에게 제공한 미용실입니다."

"미용실 블랙클럽이?"

블랙클럽. 대표적인 남성 미용실로, 한때 저렴한 가격을 무기로 급성장했었다.

지금은 거의 보기도 힘든 수준이지만 그래도 여전히 몇 곳은 남아 있었다.

"그에 반해 갑제 28호를 봐 주시기 바랍니다. 한수광 씨 급의 연예인들이 쓰는 일반적인 미용실입니다."

화려한 외관, 넓은 주차장 그리고 수많은 헤어 디자이너들.

"연예인이라는 건 외부에 꾸며서 보이는 것이 직업입니다. 그런데 포직스엔터에서는 지원한다며 블랙클럽을 주 계약 대상으로 이용했습니다. 블랙클럽은 저가 전략을 바탕으로 일반 남성을 위해 운영되는 곳이지, 연예인을 위해 운영되는 곳이 아닙니다."

"그건 블랙클럽에 대한 모독입니다."

다급하게 말하는 변호사.

그러자 노형진은 비웃음을 날렸다.

"한때 전국에 블랙클럽의 숫자는 총 사백쉰 개였습니다. 하지만 지금 전국에 남은 블랙클럽의 숫자는 겨우 열한 개입니다. 왜 그렇게 망했을까요?"

싼 가격에 좋은 서비스를 제공한다면 그 기업이 망하는 게 이상한 거다.

"미용실은 애초에 원가가 많이 들어가는 공간이 아닙니다. 결국 헤어 디자이너의 실력이 전부인 시장이지요."

그리고 블랙클럽의 패인 중 하나가 바로 그것이었다.

그들은 낮은 원가를 유지하기 위해 실력이 부족한 사람들도 받아들였다.

애초에 실력이 좋은 사람들은 자신의 몸값을 낮춰 가면서 거기에 들어갈 이유가 없었고, 결국 블랙클럽은 그다지 실력이 좋지 않은 그런 사람들이 일하는 곳 취급을 받기 시작하면서 매출이 폭락했다.

"이 블랙클럽은 주변에 주차장조차도 없습니다. 그리고 이 블랙클럽으로 가는 길에 미용실이 무려 마흔세 곳이나 있네요. 용케도 다 망해서 거의 사라진 블랙클럽을 찾으셨습니다. 재판장님, 참고로 말씀드리자면 이곳의 남성 커트의 평균 가격은 3만 원입니다만, 블랙클럽은 8천 원입니다."

설마 미용실까지 추적할 거라 생각하지 못한 피고 측 변호사는 당황스러운 얼굴이 되었다.

"재판장님, 이 세계엔 신의와 성실이라는 게 있습니다. 물론 그걸 어긴 원고도 큰 실수를 했지만, 그걸 자신들의 탐욕을 위해 이용한 피고 측은 더 큰 문제입니다. 재판장님도 아시겠지만 한국에서는 중국계 아이들을 연예인으로 쓰는 데 조심스럽습니다. 왜 그럴까요?"

중국 이야기가 나오자 판사는 이해가 간다는 표정이 되었다.

중국에서 넘어온 아이들은 유독 이탈이 심하다.

정확하게는, 성장은 한국에서 하지만 중국에서 돈을 벌고 싶어서 이탈한 후 중국으로 도망가는 것이다.

워낙 중국 시장이 크기 때문에 그 돈을 혼자 먹고 싶으니까.

당연하게도 그런 식으로 문제를 일으키는 아이들의 뒤에는 그들을 통해 돈을 벌고자 하는 다른 기업들이 있다.

그런 기업도 없는데 나는 멤버들을 배신하고 혼자서 돈 벌어 잘 먹고 잘 살겠다고 하는 사람은 없다.

'그나마 지금은 덜하지만.'

그렇게 넘어간 아이들에 대해 노형진은 할 수 있는 모든 방법을 통해 보복했다.

방송 출연을 막는 것은 물론 공산당을 통해 일가족을 파멸시키는 것도 서슴지 않았다.

아무리 잘나가는 연예인이라고 해도 결국 중국의 권력을 잡고 있는 것은 공산당이니, 소위 붉은 귀족들에게 대항할 수는 없는 법이다.

그렇게 몇 번 몰락시킨 후에는 그런 짓을 하는 놈들이 줄기는 했지만, 끝끝내 완전히 없어지지는 않았다.

인간의 욕심은 끝이 없고 같은 실수를 반복한다고 하니까.

"흠……."

그래서 그 문제를 알고 있었던 판사는 조용히 생각에 잠겼다.

중국에서 그런 짓을 하는 걸 뻔하게 알고 있으니까.

'그리고 이렇게 이야기하면 은근히 자존심이 상하거든.'

중국에서 하는 짓거리를 한국에서 하는 놈들, 그런 놈들이 과연 좋게 보일까?

그런 판사의 표정을 보고 망했다는 걸 알았는지 피고 측 변호사는 입술을 슬며시 깨물었다.

"지혜로운 판결 부탁드립니다."

노형진은 고개를 숙이면서 변론을 마쳤다.

아직 모든 재판은 끝나지 않았지만 한 가지는 알 수 있었다. 이겼다는 것을.

"두한이 포직스에서 손을 떼는 모양이더군."

유민택은 흡족한 표정으로 말했다.

"생각보다 쉽게 떼네요?"

"배보다 배꼽이니까. 지금 들어간 돈보다 보상으로 줘야 하는 돈이 더 많으니 말일세. 그리고 정보에 따르면 일본계 자금이 손절을 했다고 하더군."

노형진은 고개를 끄덕거렸다.

정보 조직으로부터도 그 사실을 보고받았으니까.

"그럴 겁니다. 예상대로군요."

그들은 한국에서 자금을 세탁하기 위해 두한을 이용하려 했지만, 두한은 도리어 막대한 피해를 입혔다.

투자금을 환원하면 못해도 2천억 이상은 손해를 본 상황.

"그런 상황에서 그들이 뭘 믿고 두한에 자금을 주겠습니까?"

"그건 그렇지. 그들로서도 다급할 거야. 달리 세탁할 곳을 찾아야 할 테니. 일본의 상황, 자네 솜씨지?"

노형진은 한국에 대한 투자의 목적이 자금 세탁이라는 것을 알자마자 바로 일본에 있는 신동하에게 이야기했다.

당연히 신동하는 그 사실을 일왕가에 알렸고, 일왕가에서는 한국으로 가는 투자금을 집중 관리하라고 명령을 내렸다.

"그런 상황이니 자금을 돌리기가 쉽지 않을 겁니다."

노형진은 예상했다는 듯 고개를 끄덕거리며 말했다.

"이번에 두한이 타격이 큰 모양이더군."

"그럴 겁니다. 자금을 세탁하려고 벌인 일이라 해도, 결국 회사를 만드는 것은 돈이 드는 일이니까요."

한 푼 한 푼이 아쉬운 두한으로서는 이번 사태가 그야말로 속이 쓰릴 것이다.

물론 아주 큰 피해를 입은 것은 아니라고 하나, 어찌 되었건 그들의 계획이 틀어지고 모든 것이 망가진 것은 사실.

"두한도 이번 사태로 최소한 200억 이상은 손해를 봐야 할 테니까요. 상황에 따라 다르지만 어쩌면 일본에 자금을 배상해 줘야 할지도 모르고요."

"배상?"

"일본에서 돈 잃은 놈들이 가만히 있겠습니까?"

"설마?"

"이미 변호사들을 통해 그들과 접촉하라고 해 놨습니다.

그들이 한국에서 위법하게 계약을 이끌어 내서 문제를 일으킨 것은 사실이니까요."

그리고 그 위법성을 문제 삼아 일본의 투자자들, 정확하게는 극우 세력이 소송을 걸 테고, 일본의 재판부는 거의 100% 그들에게 승리를 안겨 줄 것이다.

"아마 두한은 일본에 구축한 어마어마한 인프라를 잃어버리게 될 겁니다."

얼마나 빼앗기게 될지는 모르지만 일단 현금으로 주지 못한다면 현지의 물건이나 토지 등을 빼앗길 수밖에 없을 것이다.

"그것까지 예상한 건가?"

"그보다 더한 것도 예상했지요."

"뭐 말인가?"

"포직스 말입니다. 구매할 생각 없으십니까?"

유민택은 눈을 찡그렸다. 이건 또 무슨 소리인가 했기 때문이다.

"포직스가 조연의 출연을 막은 것은 사실입니다. 그리고 곤란한 처지인 것도 사실이지요. 하지만 두한에서 손 털고 나갔다면서요? 그러면 포직스는 어떻게 될까요?"

"포직스는……."

돈이 없다. 당연히 버틸 힘도 없다.

물론 투자금이 있기는 하지만 그건 반환해야 한다.

사실상 포직스는 끝났다.

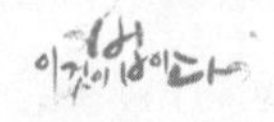

"그렇군. 거기에 속한 연예인들이 문제가 되는군."

"맞습니다."

포직스에 속한 연예인들이 모두 조연급은 아니다.

초반에는 공격적으로, 계약이 종료된 톱클래스를 어마어마하게 끌어모았다.

"그런데 그 포직스에 속한 연예인들은 지금 아무 데도 못 갑니다."

"그렇지. 포직스와 그 연예인들의 계약은 완전 별개니까."

포직스가 망한다고 해도 그건 어디까지나 자금상의 문제일 뿐이다.

서류상 포직스가 폐업 신고를 하지 않는 이상 그 연예인들과 계약한 서류는 효과가 있다.

"그 연예인들은 지금이라도 어디든 가고 싶어 할 겁니다. 하지만 포직스에서 그들을 놔줄 리가 없지요."

그들은 어떻게 손실을 막고 싶을 것이다.

하지만 그걸 하기 위해서는 톱클래스가 엄청나게 돈을 벌어 줘야 한다.

"더군다나 포직스의 계좌는 전부 압류되어 있지요. 아마 일본에서도 승소하고 나면 압류를 걸 거라 생각합니다만."

그리고 그 탓에 포직스는 연예인들에게 돈을 주지 못하고 있다.

노형진이 그들의 계좌에 계속해서 가압류를 걸고 있으니까.

저쪽이 가압류를 풀면 노형진이 다른 사람의 이름으로 다시 걸고, 저쪽에서 다시 풀면 노형진이 또다시 가압류를 거는 계속되는 악순환.

그렇다고 해서 가압류를 풀자마자 포직스에서 그 돈을 빼돌릴 수도 없다.

그건 명백하게 범죄다.

손해배상을 해 주지 않기 위해 돈을 빼돌리는 행위, 그걸 법원에서 두고 보지는 않을 것이다.

포직스에서 가압류를 풀고 돈을 빼돌리는 순간, 당연히 법원에서는 절대 가압류를 풀어 주지 않는다.

자금의 횡령 시도가 인정되기 때문이다.

그 악순환에 결국 연예인들은, 그것도 톱클래스 연예인들은 당혹감을 느끼고 있었다.

"아시다시피 그런 연예인들이 흔들리기 시작하면 그들도 이탈을 서두르게 됩니다."

돈이 없다는 것은 단순히 출연료가 안 나온다는 문제가 아니다.

지원이 끊어진다는 거다.

작게는 미용실 비용부터, 크게는 연예인들이 출연하는 곳에 밥 차나 커피 차를 보내는 행동까지.

그런데 계좌가 묶이면서 그게 힘들어졌다.

심지어 월급도 안 나가고 있다.

"지금 톱클래스 연예인들조차도 이탈 움직임을 보이고 있습니다."

"그러고 보니 그 사람들은 어떻게 활동하는 거야? 지원이 안 될 텐데."

"자체적으로 지급하거나 매니저가 내주고 있습니다."

"자체적인 건 이해하겠는데 매니저는 뭔 소리야?"

"일종의 설득이지요."

회사에서는 '사태가 정리되면 어떻게든 해 주겠다. 그러니 조금만 참아 보자.'라고 설득하기에 매니저들이 어쩔 수 없이 돈을 내주는 것이다.

"하지만 그런 톱클래스 연예인들한테 붙어 있는 매니저들은 충성심이 약하지요."

정확하게 표현하자면, 충성의 대상이 회사가 아니라 연예인이다.

톱클래스 연예인들은 자신을 케어해 주던 사람들을 바꿔서 서로 새롭게 맞추는 것보다는 익숙한 사람을 데리고 가는 걸 선호한다.

톱클래스라면 충분히 가능한 일이기도 하다.

당연하게도 매니저들의 자리를 지켜 줄 수 있는 것 또한 연예인이지 회사가 아니다.

"그런데 매니저들이 불확실한 회사에 있고 싶어 하겠습니까?"

"호오?"

"일정 기간 이상 돈을 지급하지 못하면 결국 계약 해지 소송이 들어갈 겁니다. 그리고 이미 연예계에는 소문이 파다하게 났지요."

기존 작품에서 퇴출되지는 않지만 신작에는 출연하지 못한다.

이게 얼마나 치명적인 문제인지 다들 안다.

더군다나 상대는 대룡.

미쳐서 눈깔 돌아가면 협박까지 해 가며 처벌을 받아도 성질대로 온갖 개지랄을 하는 곳.

"대룡이 미친 짓을 한다는 건 다 아는 사실이고."

"그래서 인터넷을 안 막은 건가?"

"네."

기사화는 막았지만 인터넷에서 포직스가 그걸 떠드는 건 막지 않았다.

사람들에게 대룡이 미친 상태라는 걸 알려야 했으니까.

"물론 일부는 욕할 겁니다. 사실 안 할 수가 없죠. 팬덤이라는 게 있으니까."

하지만 그 팬덤은 내 팬덤이 아니다.

어차피 포직스 소속의 연예인이고, 대룡과는 상관없다.

"중요한 건 자기 검열의 고착화죠."

대룡이 미친 짓 한다더라, 거기에 걸리면 회사가 망한다더라.

"제작사나 방송국은 시끄러운 걸 싫어하지요. 포직스엔터

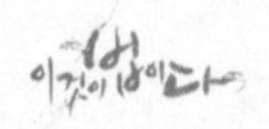

에 속한 주연급들을 대체할 수 있는 방법을 찾을 겁니다."

지금은 톱스타라고 해도 안 보이기 시작하면 잊히는 법.

당연히 포직스에 속한 사람들은 소속사를 바꾸려고 눈에 불을 켜고 있다.

"포직스는 끝났습니다. 살아남을 수 없죠."

"그걸 사라고?"

"두한한테 뭐, 남은 카드가 있을까요?"

그냥 두면 결국 망할 회사다.

수백억이 들어갔겠지만 아마도 팔게 된다면 10분의 1도 받기 힘들 것이다.

"입찰 역시 대룡이 유일할 테고요."

포직스의 블랙리스트화는 대룡이 한 짓이다.

즉, 대룡이 그걸 구입하면 당연히 무효화된다.

하지만 다른 누군가가 포직스를 구입한다고 해서 그게 무효화될 가능성은?

"사실 그건 불확실하지요."

두한에서 또다시 다른 바지 사장을 세워서 넘겨받을 수도 있으니까.

하지만 대룡에서 산다면 확실하게 넘겨받을 수 있다.

"결국 두한은 처음부터 자네 손아귀에서 놀아난 거군."

유민택은 혀를 끌끌 찼다.

"하지만 조심해야 할 거야. 자네도 알지만 두한은 성화와 달라."

성화는 최후까지 살아남기 위해 발악했다.

물론 두한 역시 그럴 것이다.

"하지만 그들은 살아남을 수 없다고 생각하면 모두와 같이 죽을 인간들이야."

노형진은 고개를 끄덕거렸다.

"알고 있습니다. 그리고 충분히 준비하고 있고요."

회귀 전부터 이어진 지겨운 싸움. 이제 그걸 끝낼 때가 다가오고 있었다.

악마의 손가락들

"엔터 쪽에 오랜만에 오셨으니 문제 하나만 해결하고 가주시지요?"

"문제요?"

노형진은 사건이 정리된 후에 박상규와 술을 한잔하고 있었다.

물론 술을 잘 못 마시는 노형진은 분위기만 맞추는 수준이었지만.

"어지간한 문제는 새론을 통해 해결하시면 될 텐데요?"

"그게 어지간한 선을 넘어서요."

"그런 대형 사건이 있습니까?"

"대형은 아닙니다. 엄밀하게 말하면 소형입니다만."

"소형이라고요?"

"네, 하지만 숫자가 다수입니다. 악플러 사건이거든요."

노형진은 눈을 찌푸렸다.

그럴 수밖에 없는 게, 악플러 사건은 이미 해결 방법이 나온 상황이니까.

사실 너무 뻔한 방법인지라 딱히 신경도 안 쓰고 있었다.

"무차별적으로 고소하라고 말씀드렸지 않습니까? 어쭙잖은 선처는 결국 그들을 기고만장하게 하는 겁니다."

노형진은 이런 악플러에 대한 선처를 하지 않는 사람이다.

악플은 영혼을 파괴하는 행위다, 그렇게 말은 한다.

하지만 그걸 하는 놈들은 신경 쓰지 않는다.

실제로 많은 악플러들이 가서 뒈지라며 더러운 년이라며 욕을 달고 연예인을 자살하게 한다.

그리고 진짜 자살하면 살려 내라며 다른 사람에게 죄를 뒤집어씌운다.

심지어 자신이 그녀와 사귀었다는 헛소리까지 공공연하게 일삼는다.

"바늘 도둑이 소도둑이 된다고 하지요. 악플러는 이미 완성된 소도둑입니다."

여기서 악플러란 단순히 욕하는 사람들이 아니다.

연예인은 공인이라고 한다.

그래서 어느 정도의 욕은 각오해야 한다.

그건 노형진도 인정한다.

가령 배우가 연기를 못하고 가수가 노래를 못하면 욕을 먹어도 싸다.

그러나 악플러들은 그게 아니다.

오로지 상대방이 힘들어하기만을 원한다.

모 연예인의 부모님이 돌아가셨을 때 정상적인 행동은 명복을 비는 것이다.

그러나 악플러들은 거기다 '축 뒈짐'이라고 써 가면서 상대방이 상처를 입기를 원했다.

"물론 저희도 그걸 압니다. 선처 따위는 없고요."

노형진이 정한 방법, 그건 선처하지 않는 것이다.

엔터테인먼트조합에 속한 소속사들에 노형진이 하는 말이 있다.

법률 위에서 잠자는 자들은 보호받지 못한다.

당신들은 마음이 약해져 선처한 것일지 모르지만 연예인들은 그 고통에 죽음을 선택한다.

그래서 고소와 고발은 소속사가 아니라 연예인 이름으로 진행되며, 당연히 선처 역시 당신들의 권리가 아니라 연예인의 권리다. 그걸 빼앗아 행사하고 싶으면 나가라.

실제로 잡고 보니 악플러가 자기가 아는 사람의 아들이라며 무단으로 합의서를 써 준 작은 기획사가 있었다.

노형진은 그 기획사를 업무상배임으로 고발해서 계약을

해지하도록 했다.

그리고 퇴출까지 시도했었다.

나중에 사장이 와서 그 연예인에게 무릎까지 꿇고 싹싹 빌고 나서야 퇴출만 면했다.

하지만 그 회사 소속으로는 유일하게 성공한 연예인이 이미 그걸 이유로 나가 버렸기 때문에 몰락은 피할 수 없었다.

"연예인을 보호할 생각도 없는 곳이라면 퇴출시키세요."

무슨 정치계나 재계의 압력도 아니고 고작 악플러다.

그들로부터도 연예인을 보호하지 못한다면 그건 소속사로서 가치가 없는 거다.

"너무 흥분하지 마시고요. 그런 문제가 아닙니다."

"그런 문제가 아니라고요?"

"저작권 문제 같다고 할까요?"

노형진은 눈을 찌푸렸다.

저작권 문제.

"그게 무슨 말입니까?"

"그…… 저작권 침해 고소 사건 각하 제도 아시죠?"

"알죠. 그거 미친놈들이 만든 악법 아닙니까?"

저작권은 개개인의 권리다. 그런데 그걸 완전히 무력화시킨 제도가 바로 저작권 침해 고소 사건 각하 제도다.

저작물을 무단으로 복제하여 닥치는 대로 팔아도 무조건 각하.

심지어 중국에도 이딴 규정은 없다.

상식적으로 말이 안 되는 일이지만 실제로 존재하는 규정이다.

심지어 국회의원도 아닌 자들이 법을 만들어서 집행하는 초유의 사태임에도 누구도 저항하지 못했다.

저작권 위반을 해도 무조건 각하시키는 제도.

이유는 단 하나, 검찰에서 일하기 귀찮았기 때문이다.

"그거랑 비슷한 건데요."

"설마? 악플러한테도?"

"저작권보다 더하면 더했지, 덜하지는 않지 않습니까?"

저작권 위반은 복제 파일을 구한 후 다시 판매하는 행위다.

현재 한국의 시스템상 파일을 단순히 다운받아서 보는 사람들까지 모조리 추적하는 건 불가능하기 때문이다.

그러나 악플러는? 그냥 댓글 하나 달면 그만이다.

기본적으로 주요 포털 사이트에는 대부분 가입되어 있다.

일부 사이트는 익명제로 운영된다.

"근절이 안 되고 있습니다. 명예훼손 각하 제도를 운영한다고 하더군요."

"끄응, 미친……."

노형진은 머리를 부여잡았다.

이건 진짜 생각지도 못한 참신한 말이었다.

그리고 원래 역사에서는 진짜 없었던 일이다.

'하긴, 당연한가?'

원래 역사에서는 그렇게 무차별적인 고소가 이루어지지 않았으니까.

원래 역사에서는 무차별적인 고소 대신에 대표적인 악플러 몇 명만 고소하는 방식으로 움직였다.

악플러와 극단적으로 싸우는 연예인이라고 해도 고소하는 악플러의 수는 백 명이 되지 않았다.

"저희 쪽에서 지금 한 달에 넣고 있는 고소 건수가 한 1만 건쯤 될 겁니다."

"그 새끼들은 뇌가 우동 사리로 되어 있나?"

상식적으로 그런 소문이 돌 정도로 하면 안 된다.

"그런데 악플러에 대한 선처가 거의 일상화되어 가고 있더군요."

그런데 그걸로 경찰도, 검찰도, 법원도 또다시 저작권 침해 고소 사건 각하 제도처럼 무조건 자의적인 처벌 금지를 넣기 시작하는 것이다.

귀찮으니까.

"물갈이한다고 했는데도 이 지랄이네요."

분명 노형진은 상당히 많은 사람들을 갈아 넣었다.

"상위직은 모조리 갈아 넣었지요. 하지만 노 변호사님이 말씀하셨잖습니까, 부패한 사람이 위에 올라가는 게 아니라

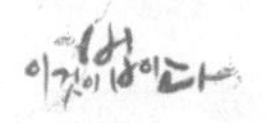

아랫사람은 부패할 기회가 없었던 것뿐이라고."

명예훼손 각하 제도의 경우는 결국 사건의 특성상 하위직 검사가 했던 건들이다.

그리고 그들이 승진했다.

그런 그들이 승진했다고 그걸 없앨까?

"그런데 이게 또 부패에 관한 부분은 아니거든요."

복지부동. 전형적인, 일하기 싫어하는 공무원들.

검사가 아무리 권력을 휘둘러도 공무원인 것은 바뀌지 않는 사실이다.

"이걸 어떻게 해야 할지 모르겠네요."

정부에서조차 그걸 처벌하지 않겠다고 나서는 상황.

노형진은 긴 한숨만 나왔다.

⚖

"검찰하고 법원에서 결정한 거라 우리가 어떻게 할 수가 없네."

"하지만 송 의원님, 그런 식으로 검찰이 법을 만드는 걸 막으라고 하지 않았습니까?"

처리 지침이라는 규정을 만들어 검찰에서 마음대로 법을 만들어 내는 것을 막으라고 누차 말했다.

"나도 알지. 하지만 자네도 알지 않나? 부패와 복지부동은 기본적으로 달라."

뇌물을 받고 사건을 무마하는 건 부패다.

하지만 일하기 싫어하는 건 복지부동이다.

"우리로서도 부패가 아닌 복지부동의 경우는 그걸로 탄핵을 걸기가 애매해. 더군다나 이미 검사와 판사의 숫자가 부족한 것도 사실이고."

"하지만 그건 그놈들이 자초한 거 아닙니까?"

자기들이 가진 권력을 나누기 싫어서, 그래서 증원에 결사반대하는 것은 결국 검사와 판사다.

로스쿨 체재로 넘어간 상황에서 검사와 판사의 증원은 그다지 어려운 일이 아니다.

"숫자가 늘어나면 떡고물을 나눠 먹어야 하는데 그러기 싫으니까 그런 건데."

"일단은 내가 숫자를 늘리자고 건의는 해 보겠네만 그건 법률의 문제가 아니라서 말이지."

사법부와 행정부의 결정인지라 쉽지 않을 거라는 소리였다.

아무리 정화되었다고 해도 검찰과 법원은 기본적으로 권력 집단이다.

견제는 가능할지언정 일하지 않는 복지부동까지 막을 방법은 없다.

"너희 쪽은 어떤데?"

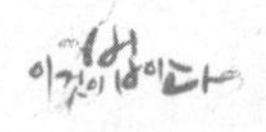

노형진은 옆에서 멍하니 있는 오광훈에게 물었다.

어찌 되었건 검찰 내부의 핵심 인사 중 한 명이니까.

그러나 여전히 신흥 세력일 뿐 권력 집단이라고 볼 수는 없다.

"뭐, 말 안 통하지. 일거리가 많아서 방법이 없다는 투야."

어깨를 으쓱하면서 말하는 오광훈.

"더군다나 이게 사건이 한 곳에서만 벌어지는 게 아니잖아. 스타 검사들은 대부분 서울 쪽이거든. 아무래도 지방 쪽은 답이 안 나오지. 그리고 스타 검사들이 여기에 매달려서 처리할 수도 없는 노릇이고."

물론 스타 검사들이 하려고 하면 분명 사건을 넘기기는 할 것이다.

그러나 그러면 스타 검사의 목적에 완전히 어긋나 버린다.

스타 검사의 목적은 그들을 권력 집단화시켜서 부패한 세력을 일소하는 것.

그런데 숫자만 많고 실적으로 제대로 인정이 안 되는 명예훼손 사건을 무조건 맡아 버리면 그들의 시간을 낭비하는 꼴밖에 안 된다.

"그렇다고 네가 나설 수 있는 것도 아니잖아. 솔직히 한 건도 아니고 매달 만 건이 넘는 사건인데 그걸 네가 다 담당하게?"

"하긴 그것도 그렇군."

"그리고 여기."

오광훈은 뭔가를 꺼내서 노형진에게 건넸다.

"그거 검찰청에서 나온 통계야. 악플러의 90퍼센트 이상이 30대 이하고 그중 절반 이상이 학생이야."

"굳이 이런 거 가져와서 보여 주지 않아도 알아. 내가 악플러들하고 몇 년을 싸웠는데."

노형진은 고개를 흔들었다.

"악플러들이 왜 그런 악플을 다는지도 알고."

"응? 그냥 미워서 다는 거 아냐?"

"그럴 리가 있나. 악플은 정신병이야."

악플러는 진짜 정신병자다.

악플의 대상이 죽어 버리면 다른 사람을 찾아가서 악플을 단다.

악플은 처벌하고 있음에도 고쳐지지 않는 범죄 중 하나다.

일단 악플러에 대한 처벌이 워낙 약한 것도 사실이고, 그 악플의 기본적인 원인은 패배감으로 인한 원한이니까.

"악플은 두 종류가 있어. 스트레스로 인한 악플, 그리고 패배감으로 인한 악플."

한국은 구조적으로 스트레스를 풀 수 있는 곳이 드물다.

술집 같은 곳이 있기는 하지만 그것만으로는 부족하다.

사람의 삶에서는 균형이 중요하다.

일을 하거나 공부를 하면 그만큼 스트레스를 풀어서 균형

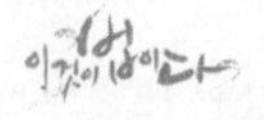

을 맞춰 줘야 한다.

"그런데 말이지, 우리나라는 그런 휴식이라는 단어를 무척 죄악시하거든."

'나 때는 말이야.'라는 말로 대표되는 분위기.

나도 쉬지 않았으니까 너도 쉬면 안 된다는 분위기.

시대가 바뀌었지만, 위에서 이끌어 가는 리더들이 휴식 없이 자본에 휩쓸려 다니다 보니 생긴 문화.

"그나마 성인들은 술이라도 마시지, 학생들은 그러지도 못하거든."

그래서 학생들은 그러한 스트레스를 풀 대상을 고른다.

그게 바로 연예인들에 대한 악플이다.

"그런데 그것도 어떻게 보면 핑계야."

"핑계?"

"그래. 그런 악플의 기본은 패배감이거든."

나보다 잘난 인간에 대한 패배감, 인생에서 패배했다는 좌절감, 자신은 패배자, 즉 루저라는 공포.

그 공포를 다른 사람에게 쏟아 내는 것이다.

학업 스트레스? 누구나 그건 있다.

하지만 그걸 악플로 푸는 사람은 극히 드물다.

즉, 학업 스트레스라고 변명할 뿐, 그들은 결과적으로는 그 패배감을 감추고 싶은 것이다.

"연예인들은 그런 면에서 악플이 달리기에 딱 좋은 대상이지."

예쁘고 건강해 보이며 돈도 많이 벌고 인기도 많다. 텔레비전에도 자주 나오고, 화려한 삶을 살아가고 있다.

그러나 권력으로 악플에 대한 처벌을 강하게 할 수는 없다.

"인생 패배자인 루저로서 봤을 때는 그야말로 분노의 대상인 거지."

'나는 이렇게 힘들어하는데, 나는 이렇게 고생하는데 왜 너는 그렇게 잘 살아?'라는 반대급부의 분노. 그 분노에 의해 악플을 다는 것이다.

"하지만 사건을 보면 잘나가는 놈들도 많은데?"

악플 사건이 아예 없는 것도 아니고 실제로 고소가 들어간다.

그런데 거기에 보면 별의별 사람들이 다 있다.

의사도 있고 한국대생도 있고 검찰이나 경찰도 있다. 사회적으로 성공한 사람들도 많다.

"패배감은 절대적인 게 아니야. 상대적인 거지."

공장에서 일하는 사람이라고 해도 자신의 삶에 만족한다면 패배감은 없다.

하지만 연봉이 3억씩 되는 의사라고 해도, 연봉 10억짜리 의사와 비교하면서 내가 졌다고 생각하면 패배감에서 벗어날 수가 없다.

"더군다나 연예인들은 말이야, 버는 돈 자체가 엄청 많아 보이잖아. 그 화려함의 이면은 전혀 안 보이고."

연예인 누가 강남에 빌딩을 샀다는 식의 말. 그런 뉴스는

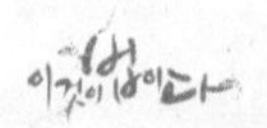

찾아보기 쉽다.

사회적으로 연봉 3억의 의사면 상당히 성공한 사람이지만 단 몇 년 만에 강남 빌딩을 사는 연예인들을 보면 답이 안 나오는 거다.

"그러니까 패배감이 드는 거지."

'나는 이렇게 고생하면서 돈을 버는데 너희들은 방송에 나와서 깔깔거리고 놀면서 돈을 벌어?'라는 패배감. 그게 원인이다.

"그런 패배감을 없앨 수는 없으니까 결과적으로는 악플러들을 퇴치할 수도 없지."

송정한 의원도 법률 전문가답게 고개를 끄덕거렸다.

"사람들은 강한 처벌이야말로 범죄를 없앨 수 있는 가장 좋은 방법이라고 생각하네. 하지만 그건 일부 범죄에 한해서 그런 거야. 엄벌이 효과가 없는 범죄도 상당하지."

미국에서는 강간범에 대해 용서가 없다.

하지만 매년 수만 명의 강간범이 생긴다.

심지어 아동 성범죄자들은 감옥 내에서도 살인 위협에 시달린다. 그럼에도 불구하고 여전히 생긴다.

"그러니 정부에서 별거 아니라고 생각하고 처벌을 약하게 하는 범죄라면 더더욱 심할 수밖에 없어. 이런 경우가 딱 그런 거지."

노형진의 말에 송정한은 혀를 끌끌 차면서 말했다.

"범죄는 근본을 제거해야 하는 것과 형량을 강화해야 하는 것이 달라."

사기 같은 경우는 형량을 강화해야 한다.

그래서 사기를 치고 그 돈으로 잘 먹고 잘살려고 하는 놈이 있다면 그런 놈들은 당연히 파멸을 시켜서 다시는 재기하지 못하게 해야 한다.

그런데 한국에서는 그러지 않는다.

무조건 개개인에게 맡겨 버리고, 피해자가 모든 피해를 감수하도록 한다.

"그래도 요즘은 자살자가 안 나오지 않아?"

오광훈은 미심쩍은 표정으로 말했다.

"솔직히 그렇잖아. 요즘 연예인 자살자나, 힘들어서 공황장애가 오는 사람은 없잖아?"

"없는 게 아니라 그 전에 차단하는 거야."

노형진은 악플러에 대해 잘 알고 그 피해에 대해서도 잘 안다.

"지금 엔터테인먼트조합에서 상담 치료사들을 고용해서 상담 치료를 해 주고 있으니까."

"다 속한 건 아니잖아."

"다른 곳들도 마찬가지야. 누군가 혜택을 공급하기 시작하면 나머지도 하지 않을 수가 없거든."

자리 잡은 연예인들은 그러한 악플 문제에 있어서 자유로 울 수가 없다.

당연히 그런 부분의 문제에 관해 일종의 치료를 받고 싶어 한다.

“그런 서비스를 해 주지 않는 기획사를 떠나서 이쪽으로 온 사람들도 많아.”

“아하!”

다른 곳들은 외부에 그 상담 치료사가 있기 때문에 찾아가기도 힘들고 기자들의 눈을 피하기도 힘들다.

하지만 한국엔터테인먼트조합은 빈 학교를 개조해서 만든 곳.

당연히 충분한 공간이 있었기에 공정 상담사를 배치했다.

일반인은 들어오지 못하는 곳이기 때문에 연예인들도 타인의 눈을 두려워하지 않고 안전하게 상담할 수 있게 된 것이다.

“전에도 말한 적이 있는데 살인과 살인미수는 결과론적인 문제야. 엄밀하게 말하면 형량은 같아야 해.”

살인과 살인미수는 형량이 제법 차이가 난다.

그런데 어째서 피해자가 살기 위해 노력해서 살아남았는데 가해자의 형량이 줄어든단 말인가?

“물론 결과론적인 부분에서 본다면 확실히 차이가 있기는 하지만.”

지금도 마찬가지.

악플러가 악플을 달고 욕을 쓰고 연예인들을 자신의 감정 쓰레기통으로 쓰는데 그걸 이쪽이 잘 방어했다고 해서 그들의 죄가 사라지는 건 아니다.

그걸 방어하는 데 들어간 노력과 심적인 고통은 여전히 남아 있으니까.

“엔터테인먼트조합에서 문제가 많다고 하던가?”

“심각하더군요. 그 각하 제도가 생기고 나서 악플의 성향이 바뀌었답니다.”

“성향이 바뀌어?”

“기존에는 연예인에 대한 악플이 주를 이뤘는데 이제 팬층에 대한 악플이 생기고 있답니다. 실제로 그로 인한 자살 사건도 생기고 있는 모양이고요.”

송정한과 오광훈은 심각한 표정이 되었다.

그건 예상하지 못했으니까.

“하긴 그렇군. 저작권 침해 고소 사건 각하 제도 때도 그런 문제가 생겼지.”

검사들은 일하기 귀찮아서 그런 제도를 만들었지만, 처벌받지 않는다는 사실이 확실해지자 수백만 명이 저작권 침범을 시작했다.

남의 물건이지만 가져다 팔면 수십만 원씩 수익이 생기는데 누가 마다하겠는가? 더군다나 정부에서 그 행위를 처벌하지 않겠다고 아예 못까지 박아 줬는데.

“이번도 마찬가지입니다.”

처음에는 연예인을 공격했다.

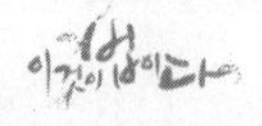

당연하게도 그들에게는 팬이 있으니 팬들은 악플러와 싸우면서 연예인을 보호하려고 했다.

"그런데 그런 놈들이 조리돌림을 시작했다고 하더군요."

구글링이라고 하는 검색만 잘하면 사람을 특정하는 건 어려운 일이 아니다.

그렇게 특정된 사람들을 안티 카페 같은 곳을 통해 좌표를 찍고 조리돌림을 하면서 말려 죽이는 것이다.

"이쪽에서 고소 고발이 진행되는 걸 아니까 그걸 막고 자기들은 맘 편하게 누군가 하나 자살시키겠다 이거네."

"정확해. 자살시키면 내가 이긴 것 같거든."

반성? 그런 건 없다.

아, 누가 자살했다. 내가 이겼다. 내가 승리자다.

그게 그들의 사고방식이다.

"범죄자들은 생각하는 방법이 다르니까."

노형진의 말에 입맛을 다시는 두 사람.

"개개인에 대한 공격이면 그게 쉽지 않을 텐데."

개개인은 스스로 보호하기도 힘들고 소송에 매달리기도 힘들다.

엔터테인먼트야 직원 하나 두고 활동하면 되지만 개개인은 그마저도 힘들고, 당연히 정신적 안정을 위한 지원도 되지 않는다.

"그래서 해결책은?"

"아주 당연하다는 듯 물으시네요?"

"자네 아닌가? 자네가 해결책도 없이 무작정 찾아올 리가 없지."

노형진은 고개를 끄덕거렸다.

해결책은 있다. 다만 상황을 파악하기 위해 송정한과 오광훈을 만난 것뿐이다.

"어떻게 하려고?"

"간단하게 그들이 두려워하는 걸 보여 주면 되는 거야."

"그게 무슨 소리야?"

"그들은 자기들이 패배자라는 걸 인정하기 싫어서 저러는 거잖아?"

나는 패배자가 아니다. 내가 실패한 게 아니라, 너희들이 나쁜 것이다.

그렇게 생각하는 거다.

"그러니까 아예 반대로 가자 이거지."

"아예 반대로?"

"그놈들을 패배자로 못 박는 거야."

그들이 현실을 부정하고 싶어 한다면, 그들의 머릿속에 현실을 각인시켜 주는 것이다.

"과연 거기서 버틸 수 있는 놈이 얼마나 될지 두고 보자고, 후후후."

“〈루저의 본질〉이라니. 이거 팩트 폭력으로 누구 하나 죽는 거 아냐?”

오광훈의 말에 레일이 피식하고 웃었다.

“그런 놈 죽는다고 누구 하나 신경 쓰겠습니까?”

“하긴. 그건 그러네.”

연예인들은 모두 악플에 시달리지만 모든 연예인들이 가만히 피해를 입는 것은 아니다.

도리어 일부는 악플러들과 전면전을 하면서 그들의 멘탈을 털어 내기도 한다.

그중 유명한 사람이 바로 레일이었다.

데뷔할 때부터 악마의 편집으로 온갖 욕을 다 먹었던 데다가 당시 상대방의 팬덤에게서는 거의 나라를 팔아먹은 놈 수준으로 욕을 먹었기에 그의 멘탈은 단단함을 넘어서 다이아몬드 수준이었다.

닉네임을 레일이라고 지은 이유가 기차 레일처럼 단단하게 버틸 수 있는 강인함을 가지고 있어서일 만큼 그의 멘탈은 충분히 강했다.

실제로 그는 노형진의 도움을 받아서 악플러들에게 가차없이 소송을 해 왔다.

“네가 고소한 사람이 몇 명?”

"어…… 한 5천 명 되지 않을까요?"

"그러고도 용케 연예계 활동한다?"

"악플러를 신경 쓰는 PD는 없거든요."

어깨를 으쓱하는 레일.

그도 오랜 방송 경험 덕분에 상황을 충분히 알고 있었다.

"물론 아예 신경을 안 쓰려고 노력하고는 있지만, 터무니없는 악플로 공격해 대는 놈들까지 가만두지는 않아요. 그런 놈이 PD라면 노 변호사가 가만두지 않고요."

"그래?"

"그럼요. 그 사건 모르세요? 얼마 전에 어떤 연예인이 허위 사실로 강제로 하차당할 뻔했잖아요."

무슨 의혹도 아니고 말도 안 되는 허위 사실이었다.

특정 연예인과 열애설이 난 것뿐인데, 하루가 멀다 하고 열애설이 나는 게 이곳이니까.

"그때 노 변호사님이 나섰잖아요."

열애설은 당연하게도 가짜였다.

그 당시만 해도 기자들의 정리가 끝나지 않은 상황이었으니까.

당연히 기자는 전 재산을 털리고 나앉아야 했고, 해당 연예인을 프로그램에서 잘랐던 PD는 다른 사람이 다 보는 방송국 한복판에서 피해자에게 무릎을 꿇고 빌어야 했다.

심지어 그 당시에 열애설이 터진 상대방의 팬덤에게는 누구를 죽이려고 작정했냐며, 안티팬 아니냐고 몰아붙이기까지 했다.

좀 오버했다고 보일 수도 있지만 나중에는 확인도 없이 남의 인생을 망치는 놈들이 넘쳐 나는 걸 알기에 노형진이 독하게 행동한 사건이었다.

"하긴, 노 변호사가 독하게 한다고는 하더라."

가해자들은 하하 호호 하면서 '그때는 그랬지.'라는 말 따위로 추억이라고 이야기할지 모르지만 당사자는 결국 죽음에 이를 수도 있는 일이기 때문이다.

"그리고 그게 제 캐릭터이기도 하고요."

레일이 그렇게 강하게 나가자 사람들은 레일이 강한 캐릭터라고 생각하기 시작했다.

질질 끌려다니면서 '여러분, 사랑해요!'라고 외치는 게 아니라 좆같으면 네가 꺼지라는 식으로 활동하는 게 외적인 강함이라고 생각하기 시작한 것.

"제가 생각했던 레일의 강함은 내적인 건데요."

"그래도 덕분에 방송 잡았잖아. 인터넷 방송이기는 하지만."

"그건 그렇지요."

고개를 끄덕거리는 사이 PD가 안으로 들어왔다.

"촬영 준비 끝났습니다."

"아……."

창백해지는 오광훈.

그럴 수밖에 없다.

그동안은 방송에 출연할 일이 없었다.

출연한다고 해도 잠깐 지나가듯 나가거나 간단한 인터뷰였다. 그런데 뜬금없이 방송 출연이라니.

"젠장! 검찰 놈들, 그렇게 노형진이 무섭더냐!"

"왜 그러세요?"

"아니야…… 아니야."

당연히 오광훈은 출연이 싫었다.

하지만 거부할 수가 없었다.

위에서야 노형진의 부탁이었다며 강하게 어필했지만…….

'부탁이 아니라 협박이겠지.'

어찌 되었건 그 결과 자신이 뜬금없이 방송에 출연하게 된 것이다.

'환장하겠네.'

스타 검사는 언론을 이용하는 검사인 만큼 방송 출연이 문제가 안 되지만 원래 조폭 출신인 오광훈은 어색할 수밖에 없었다.

"그래, 하자…… 해."

그나마 다행인 것은 생방송이 아니라 녹화라는 것.

자신이 병신 짓을 해도 편집 팀이 알아서 해 줄 것이다.

바깥으로 나온 오광훈은 어색한 표정으로 자리에 앉았다.

그리고 카메라에 들어오는 불. 촬영을 시작한다는 뜻이다.

"새로운 프로 〈루저의 본질〉 시작합니다."

레일의 말이 마치 멀리서 떠드는 것처럼 웅웅거렸다.

—그러니까 악플러가 루저다 이 말씀이지요?

—정확하게는, 루저라기보다는 자기가 루저라고 생각하는 사람들이지요. 뭐, 이제는 진짜 루저가 될 테지만.

—검사님 말씀은 재미있네요.

—성공의 기준은 지극히 개인적인 것입니다. 자신이 루저라고 생각하고 그리 이야기한다면 그는 루저겠지요. 사실 그렇지 않습니까? 주머니에 100억이 있으면 뭐 합니까? 내가 루저라고 생각하면 루저인데. 하지만 멀쩡하게 회사에 다니고 남들과 어울리는 사람들은 루저가 아니거든요, 그냥 사회인이지.

—그러면 이 악플을 다는 사람들은 사회적인 루저다?

—제가 그렇게 말하는 게 아니라, 자기 스스로 루저라고 생각해서 열등감을 가지고 그렇게 행동한다고 하더군요. 뭐, 범죄심리학에서도 입증된 거고.

—말 그대로 '루저의 본질'이네요.

싱긋 웃은 레일은 바로 다음 장면으로 넘어갔다.

이번 프로그램의 핵심이었다.

—여기에 저에 관련된 수많은 악플들이 있는데요. 전에는 이걸 보

고 그런 생각이 들었거든요. 내가 왜 이렇게 욕을 먹나? 그런데 오광훈 검사님의 말씀을 듣고 다시 보니까 생각이 좀 달라지네요.

빙긋 웃는 레일.

—제가 몇 가지 읽어 보겠습니다. 앞쪽이 사이트고 뒤쪽이 닉네임입니다. 우리 팬 여러분들, 거기에 성지순례 한번 다녀오세요, 하하하. 일단 이 글부터 시작하면 좋겠네요. 에퍼그의 울트라예쁜이 님, '저한테 걸레 같은 창놈, 니가 뒈져라.'라고 쓰셨네요. 하하하, 그런데 어쩌나? 저 래퍼입니다. 랩의 내용 중에 절반은 여자 이야기고 절반은 돈 이야기인데요? 창놈이라니요. 성공한 능력남이라고 불러 주세요. 그리고 내년의 유머의 뜨거운옥수수 님, '래퍼라고 깐죽거리면서 여자나 따먹는 인간쓰레기가 인생을 논한다고? 인생 참 싸구려네. 그딴 싸구려 인생 자진 반납하고 뒈져라.'라고 쓰셨네요. 음…… 이분이 누군지는 모르겠지만 스스로 루저라고 생각하시는 분이라면 제가 이분보다 백 배는 더 벌지 싶은데요. 여자 친구요? 없습니다. 그런데 제가 여자 좀 만나는 게 어때서요? 제가 강간을 했나요, 아니면 사기를 쳤나요? 악플러 여러분들, 보니까 주로 제가 연애하는 것에 대해 불만이 많으신 것 같은데, 지금 21세기입니다. 자유롭게 연애하는 게 정상이라고요, 정상. 애석하게도 이 글을 쓰신 분은 평생 여자 손도 잡아 본 적이 없는 분인가 봅니다. 여러분, 이분의 손을 따뜻하게 잡아 주세요. 그런 기회라도 주지 않으시면 이분이 언제 여

자 손을 잡아 보시겠습니까? 하하하.

인터넷 방송 〈루저의 본질〉은 순식간에 인기를 끌기 시작했다.

지금까지 악플러를 주제로 한 프로그램은 하나뿐이었다.

그마저도 악플러가 쓴 글을 읽고 그에 대해 변명하는 프로그램이었다.

그런데 〈루저의 본질〉은 아니었다.

악플러를 공개적으로 깐다.

애매하게 감추는 것도 아니고, 닉네임과 사이트를 대놓고 공개한다.

당연히 조금만 검색하면 그와 관련된 기록들이 다 나온다.

—일단 이분들은 모두 조사 중이니까 기대하고 있습니다. 우리 검사님께서 참 반가워하실 거예요.

—안 반갑습니다. 귀찮아요.

—에이, 검사님. 공무원인데 그러시면 안 되시지요.

—공무원도 귀찮은 건 귀찮은 겁니다. 그러니까 다시는 이런 짓 못하게 죽여 버릴 겁니다.

—헐, 농담이시죠?

—농담 같아요? 당해 보면 알아요.

오광훈은 자기가 뭘 하는지도 모르고 그냥 막 떠들었다.
대본이 있었지만 그건 잊어버린 지 오래.

—역시 우리 검사님, 소문대로 화끈하시네.

키득거리는 레일.
그리고 노형진은 그걸 보다가 관심을 댓글로 돌렸다.

—와, 사이다가 따로 없네.
—루저의 난을 제압하자!
—아, 뼈! 뼈 맞았어!
—내가 심리학 전공인데 저거 어느 정도 맞음. 사회적으로 패배감이 심한 사람들이 악플러인 것은 사실임.
—요즘 이러니 공중파가 망하지.
—다음번에는 수사해서 당사자 앞에서 악플을 읽도록 한다는 거 실화냐?
—와, 사람을 팩트로 죽인다는 게 이런 거군.

안 그래도 대부분의 사람들은 악플을 좋아하지 않는다.
단순히 배설 글을 넘어서 사람을 죽일 수도 있는 행위라는 걸 인지하고 있기 때문이다.

—오늘은 레일 관련이고 다음번은 홍지나 씨 관련이라는데?

—홍지나 씨도 악플로 고생 엄청 하지 않았나?

—술 마시고 사우팅 한 사건 유명하잖아. '내가 뭘 잘못했냐, 이 개꺄꺄들아!'

—이거 완전 꿀잼각.

키득거리는 사람들.

그리고 노형진은 그걸 보면서 미소를 지었다.

웃기게도 이런 프로그램인데도 불구하고 여기에 악플을 다는 사람은 없었다.

"하긴, 미치지 않고서야 그럴 생각은 못 하겠지."

공지 사항에 '악플 달면 취재 팀이 찾아갑니다.'라고 해 놨고, 사이트 자체도 가입할 때 실명 인증은 필수인 구조로 제작했다.

당연히 악플러들이 욱하는 마음에 가입했어도 공지를 보고는 꼬리를 말 수밖에 없을 것이다.

"아이고, 내 이미지 씹창 났네."

"네 이미지가 뭔데?"

옆에 있던 오광훈이 절망적으로 말하자 노형진은 기가 막힌다는 표정이 되었다.

"당연히 지적이고 똑똑한 검사님."

"지랄. 넌 그냥 열혈에, 눈 뒤집히면 보이는 게 없는 검사야."

"그건 아닌 듯?"

"그거 맞아."

노형진은 모니터를 껐다.

"일단 시작은 좋았어. 대상이 병신이라는 걸 못 박고 시작하면 이건 빼도 박도 못하거든."

"그런데 그런다고 해서 이놈들이 악플을 멈출까?"

"그럴 리가 있나."

어깨를 으쓱하는 노형진.

"누차 말하지만 악플은 재범률이 어마어마하게 높은 범죄야. 한 번 걸렸다고 해서 다시는 하지 않는 그런 범죄가 아니라고."

실제로 같은 연예인에게 두세 번씩 걸리는 놈들도 있고, 반대로 한 번 걸리면 잽싸게 다른 연예인으로 갈아타는 놈들도 있다.

"하지만 이렇게 방송으로 닉네임을 까 버리면 아무래도 쉽게 활동 못 하지."

닉네임을 까면 아무래도 활동하기가 쉽지 않다.

반대로 그들의 닉네임이 인터넷에서 유명해지면서 그들을 추적하는 사람들이 생겼기 때문이다.

그들이 연예인들을 보호하는 사람들에게 악플을 달던 것처럼, 그들에게 악플을 다는 사람들이 생긴 것이다.

"이거 일본 방식 아니냐?"

오광훈은 멘탈이 나간 듯 소파에 기대앉으며 말했다.
"응?"
"네가 그랬잖아, 일본은 비국민이라는 낙인을 찍어서 이지메 대상으로 삼아 자국민들을 집결시킨다고."
"아, 그랬지."
"그런데 이게 그거 아니야?"
노형진은 부정하지 않았다.
거짓말하거나 부정한다고 해서 사실이 달라지는 것은 아니니까.
"맞아. 네가 말한 대로 일본의 이지메와 비슷하기는 하지."
"그런데 이래도 되는 거야?"
"안 될 건 뭐가 있어? 이런 말 하면 그렇지만, 모든 인간이 지혜로운 건 아니야."
노형진은 고개를 흔들며 오광훈에게 설명했다.
"지금 일본의 이지메 상황은 우리와는 좀 달라."
"뭐가 달라? 내가 봐서는 영락없이 똑같은 것 같은데."
"전혀 다르지. 일본은 악에 대해 눈감고 있는 상황이고, 우리는 반대로 악을 표적으로 삼고 있는 상황이고."
노형진의 행동이나 일본의 이지메나, 결국 누군가를 희생양으로 만들어서 결집을 뽑아내는 것은 같다.
"결국 그러한 방법도 수단일 뿐이지. 일본에서는 처음부터 이기려고 더러운 짓을 하는 거지만, 이쪽에서는 깨끗한 방법만 쓰면 지니까 방법을 바꾼 거잖아."

"하긴, 이번 건도 그렇지."

몇 번이나 법대로 고소하고 경고장을 날리고 삭제 요청하며 좋게 좋게 끝내려고 했다.

하지만 최후의 순간까지 그들은 키득거리면서 사람들을 자살로 몰아붙였다.

"이제 그들이 그 대상이 되는 거지."

인터넷으로 닉네임을 공개하는 것은 두 가지 효과가 있다.

첫 번째, 누군가는 그 닉네임을 안다는 거다.

그렇게 되면 그 주변으로 그가 악플러라는 소문이 쫘악 퍼지게 된다.

두 번째, 사람들이 검색을 통해 그를 특정하게 된다.

"그놈들이 명예훼손으로 고소를 넣지 않을까?"

"불가능할걸."

닉네임을 통한 명예훼손이 성립되기 위해서는 그 유니크성이 인정되어야 한다.

가령 모 게임에서 부동의 톱 랭커인 '포세이던'이라던가 하는 사람은 방송에도 나왔을 정도로 유명했다.

그런 사람이라면 충분히 명예훼손이 성립된다.

또 유명 요리인의 게임 아이디가 '밥장사'라는 것은 다 알고 있는 사실이라서 그것만으로도 명예훼손이 성립된다.

"하지만 우리가 악플을 읽어 준 사람들은 그게 아니거든."

그걸로 누군가를 바로 특정할 수는 없다.

그걸 검색해서 악플을 쓴 사람이 누구인지 찾는 것은 전혀 다른 문제다.

"그리고 그들은 고소하는 순간 자기가 그 닉네임을 쓰는 악플러라는 걸 인정해야 하거든."

노형진은 빙긋 웃으며 말했다.

"배상금이나 처벌이 누가 더 높을까?"

"아, 그렇겠네."

공격의 대상이 유명할수록 처벌은 강해지고 배상금 역시 높아진다.

"거기다가 명예훼손으로 인한 고소를 검찰에서 처리하면, 검찰이 병신 짓 한다는 게 인정되거든."

현재 검찰은 일하기 귀찮다는 이유 하나만으로 명예훼손에 대한 기소유예를 무차별적으로 때리고 있는 상황이다.

그런데 이런 상황에서 검찰이 악플러들의 고소를 받아서 이쪽을 처벌한다?

"법률적인 중립성이 위반되는 거지. 그리고 그건 복지부동의 선을 넘어서 명백한 탄핵의 대상이고."

결국 경찰은 그들이 고소해도 똑같이 기소유예를 내릴 수밖에 없다.

"똑같이 처벌받지 않는다면 유리한 것은 이쪽이야."

결국 악플러들은 고소한다고 해도 손해만 볼 뿐 이득은 챙기지 못한다는 걸 의미한다.

"너 진짜 무섭게 일하는구나."

검찰이 끼어들지 못한다는 걸 감안하고 계산하여 움직이다니.

"무섭게 일하긴, 이제 시작이지. 그래서 찾았어?"

"악플러? 찾았지. 레일한테 악플을 달던 사람 중에서 가장 악질인 사람으로 세 명 골랐다. 일단 다른 출연자들은 희망자를 찾고 있는 중이야. 아마도 이쪽에서 제대로 한 방 먹이면 아주 줄을 서서 오지 싶은데."

그렇게 시작한 방송이 단순히 악플을 읽어 주는 걸로 끝날까? 단순히 그럴 거였다면 시작도 안 했을 일이다.

그랬다면 결국 쫄딱 망해서 연예인을 자살로 몰고 가게 했던 그 프로그램과 다를 바가 하나도 없으니까.

'착한 것도 정도가 있는 법이지.'

착하게 악플을 읽어 주면서 '예쁘게 봐 주세요.'라고 한들 그들이 예쁘게 봐줄 리가 없다.

중요한 것은 접근하지 못하게 하는 것이다.

사실 어떤 면에서는 학교 폭력과 비슷하다.

아무리 가해자에게 "우리 애랑 친하게 지내라."라고 부탁한들 그들은 절대 학교 폭력을 멈추지 않는다.

도리어 "내 아이를 건드렸으니 너희 인생을 조져 버리겠다."라고 하는 게 학교 폭력의 예방에는 더 효과적이다.

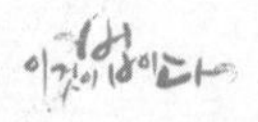

"일단은 이 세 명이야. 조사 결과는 말이지."

미리 준비한 서류를 건네는 오광훈.

"박비광, 38세, 남성, 안과 의사? 의사가 뭐가 부족해서 이러는 건지 원. 김소안, 24세, 여성, 직장인. 차길명, 16세, 남성, 고등학생이라……."

이 세 명이 레일을 집요하게 따라붙으면서 욕하던 이들이었다.

왜 그랬는지는 아무도 모른다.

'뻔하지, 뭐.'

그냥 표적 삼아서 공격한 것뿐이다.

무료함을 달랠 겸, 자신의 스트레스를 풀기 위해 말이다.

"그런데 이런 놈들은 스스로 루저라고 생각하기는 어렵지 않아?"

안과 의사라면 제법 돈을 버는 사람이다. 의사라는 것 자체가 무척이나 되기 힘든 직업이고.

여성 직장인도 마찬가지. 그녀가 일하는 곳은 대기업이었다.

학생도 서울의 소위 8학군에 속하는 곳에 다니고 있다.

사회적으로 어느 정도 위치에 있는 사람들이라는 거다.

"말했잖아, 그들은 스스로가 루저라고 생각한다고."

노형진은 어깨를 으쓱하며 말했다.

"그 안과 의사는 자신이 고작 안과 의사라는 게 불만이겠지."

"고작?"

"그래. 안과는 상대적으로 큰돈은 못 벌거든."

화려한 스포트라이트를 받는 것도 아니고 생명에 관련된 일을 하는 것도 아니다.

그렇다고 돈을 많이 버는 것도 아니다.

"아마도 내 생각에는, 스스로에게 자신감이 없을 가능성이 높아."

"어째서?"

"의사들은 사법연수원처럼 성적으로 자르지는 않거든."

기본적으로 지원이다.

물론 정해진 티오가 있기에 1지망, 2지망에서 떨어질 수는 있지만 말이다.

"내가 그쪽에 대해 잘 아는 건 아니지만 제일 인기가 높은 건 성형외과 쪽이야. 돈 엄청 벌거든. 반대로 인기가 낮은 건 응급의학과 쪽이나 심장외과, 뇌신경외과 쪽이지."

응급의학과나 심장외과, 뇌신경외과는 생명을 직접적으로 다뤄서 위험한 데다가 돈도 많이 벌지 못한다.

하지만 사람들이 생각하는 의사는 또 바로 그런 분야의 이들이다.

"안과는 돈도 그다지 안 되는 편이고 딱히 스포트라이트를 받는 것도 아니야. 지망 순위에서 좀 낮은 편이지."

돈으로만 본다면 사실 안과보다는 다른 과가 낫다.

"그 말은, 다른 과를 지원했다가 떨어졌을 가능성이 높다는 거야."

실제로 의사는 의사와 안과 의사가 있다는 미국의 의사 조크도 있다.

"물론 그렇다고 해도 본인이 자부심을 가진다면 문제 될 건 없어. 문제는 그 자부심이 없을 경우지."

자신이 선택한 게 아니고 1지망, 2지망을 거쳐서 내리 떨어져서 안과까지 온 경우라면 자존감이 떨어질 수밖에 없다.

"여기 김소안의 경우는 회사가 두한이네."

"뭐, 네가 두한이랑 사이가 안 좋은 건 알지만, 그냥 거기서 일하는 직원일 뿐이야. 설마 그걸로 뭘 하려고?"

오광훈의 질문에 노형진은 고개를 흔들었다.

"그게 아니야. 그들의 본질에 대해 말하는 거지. 두한은 말이야, 극도로 남성적인 타입의 회사야."

"남성적?"

"그래. 회사마다 분위기가 다 달라. 그런데 두한의 경우는 거의 군대 이상의 분위기야."

까라면 까라, 안되면 되게 하라 등등 결과만 나온다면 사람 몇 명 죽는 건 눈도 깜짝하지 않는 게 바로 두한이다.

실제로 두한은 과로와 사고사가 가장 많은 기업 중 하나다.

"그런 곳에서 여자가 할 수 있는 일은 거의 없지."

능력과 무능력의 문제가 아니다.

그런 조직은 여성에게 기회 자체를 주지 않는다.

"좀 독하게 말하면, 두한은 아직도 여직원은 커피나 타 오는 존재라는 분위기랄까?"

"에이, 설마."

"설마가 아니야. 진짜 그래."

"그러면 그만두면 될 거 아냐?"

"그게 쉽지 않다는 게 문제야."

사회적으로 본다면 두한에 들어간다는 것은 상당한 하이클래스라는 의미다.

더군다나 분위기가 그런 만큼 상대적으로 여성의 선발 비율도 낮다.

"그러니까 거기에 들어갔다는 것 자체가 능력 있는 사람이라는 거야."

"그런데 왜 그래?"

"그게 문제인 거야. 너 꼭대기에 있다가 갑자기 아래로 떨어져 봤지? 그때 기분이 어땠어?"

"아, 음…… 더러웠지. 아주 더러웠어. 그래, 뭔 소리인지 알겠네."

그녀는 여자들 사이에서는 하이 클래스의 수재였을 것이다.

하지만 두한에 입사한 이후 그녀의 신분은 추락한다.

그녀의 능력이 문제가 아니라, 두한 자체가 문제다.

토익, 토플 만점에 수많은 자격증 그리고 톱클래스의 성적.

이런 스펙을 바탕으로 의기양양하게 들어갔는데 정작 출

근하고 보니 커피 타고 상관에게 아양 떨어야 하는 꽃이 되어 버린 것이다.

"자존심이 엄청 무너지거든."

그렇다고 그만둘 수도 없다.

두한이라는 타이틀은 어딜 가나 먹히니까.

"어떻게 보면 불쌍하네."

"불쌍은 개뿔. 나는 다르게 생각해. 애초에 두한 출신이라는 것 자체가 엄청난 타이틀이라고. 내가 아는 걸 다른 회사에서 모르겠어?"

"응?"

"장담하는데, 거기 그만두고 다른 곳으로 이직하려고 하면 엄청 빨리 될걸."

당장 대룡에서도 그런 조건이라면 쌍수를 들어서 환영한다.

두한 출신이라고 배척하는 게 아니라, 그 분위기를 모르지는 않기 때문이다.

"그런데 거기서 안주한 채 더 이상 올라갈 노력은 하지 않고 다른 사람을 감정 쓰레기통으로 쓴 순간부터 그 여자는 스스로 한계를 정한 거야."

실제로 두한 출신으로 이직해서 승승장구하는 여성은 많았다.

"학생이라면 뭐, 성적이 문제일 테고."

"그렇겠지. 사람들은 잘 모르지만 공부도 재능이거든."

지방에 살아도 혼자 공부해서 한국대에 들어가는 놈들이 있는 반면 8학군이니 하면서 최고의 교육을 받아도 한국대에 가지 못하는 놈들도 있다.

과거처럼 성적순으로 학생을 뽑는 게 아니라 지역별로 뽑다 보니 생긴 일이다.

부모가 돈이 많아 8학군에 들어갔다고 해서 공부에 재능이 없는 사람이 천재가 되는 건 아니니까.

"그러니까 다음번에는 그 부분을 공략하면 되는 거야."

"그놈들의 패배라는 부분?"

"그래."

그들은 스스로 패배자라고 생각한다.

하지만 한편으로는 그걸 인정하기 싫어서 악플을 달면서 스트레스를 해소한다.

"그들 스스로에게 패배자라는 사실을 직시하게 만들면 어떻게 되겠어?"

어쭙잖은 처벌보다 훨씬 가혹한 처벌이 될 거라고, 노형진은 믿어 의심치 않았다.

"오늘은 저에게 악플을 다셨던 분을 찾아뵙는 시간을 가지겠습니다."

레일은 카메라를 보면서 신나게 웃었다.

"아, 물론 개인의 신변 보호를 위해 그 당사자분은 모자이크 처리할 겁니다."

법적으로 그렇게 해야 한다.

하지만 주변은 모자이크 처리가 안 된다.

당연히 사람들이 그걸 보면 그 동네가 어딘지 그리고 어떤 곳인지 대충 알게 된다.

"어디 보자, 저한테 총 152회 악플을 다신 심안의눈이라는 분인데요, 딱 하나만 읽어 보겠습니다. '아비 어미도 없는 놈이 돈맛을 보더니 눈깔이 돌아가서 세상 무서운 줄 모르고 설치고 다닌다.'라고 하셨네요."

틀린 말은 아니다. 실제로 레일은 부모님이 돌아가셔서 조부와 조모가 키웠으니까.

"네, 맞습니다. 저 엄마 아빠 없어요. 그런데 어쩌나? 그래도 엄마 아빠 있는 당신보다는 잘 큰 것 같은데. 그리고 그 뒷부분도 맞네요. 세상 무서운 줄 모르고 설치고 있거든요? 그래서 짜잔! 찾아왔습니다!"

주변을 보여 주는 레일.

그리고 옆에 있던 오광훈이 뒷주머니에서 뭔가를 스윽 꺼냈다.

"아이고, 검사님. 수갑은 방송에 나가면 안 돼요."

"걱정 마. 덮어 줄 수건도 가지고 왔어."

그러면서 다른 한 손으로는 수건을 흔드는 오광훈.

"물론 나도 채우기는 싫고, 수사에 협조하기 위해 잘 따라 온다면야 뭐."

오광훈은 어깨를 으쓱했다.

"자, 들어가겠습니다."

레일은 히죽 웃으면서 엘리베이터에 탔다.

주변 풍경을 보여 준 이유는 사람들이 대충 어디인지 알게 해 주기 위해서였다.

띵.

엘리베이터가 정해진 층에서 멈추자 레일은 당당하게 내려 어딘가로 향했다.

"짜잔!"

"어머, 레일 아냐?"

"진짜 레일이야?"

"어쩐 일이래?"

웅성웅성하는 간호사들과 환자들.

연예인이 찾아온다는 것은 참 신기하고 반가운 일이었다.

"여러분, 반갑습니다! 레일이 왔습니다! 퓨슝!"

특유의 권총 자세로 인사하는 레일.

"진짜예요? 어머, 카메라 봐. 방송 중인가 봐?"

"무슨 프로그램이에요?"

다들 관심을 보이는 그때 레일의 입에서 나오는 말.

"〈루저의 본질〉입니다."
"〈루저의 본질〉?"
"그게 뭐야?"
대부분은 그게 뭔지 몰라서 고개를 갸웃했다.
이제 고작 1화가 나갔을 뿐이라 제대로 알려지지 않았으니까.
공중파가 아닌 인터넷 방송의 한계였다.
"〈루저의 본질〉요?"
그런데 한 명의 표정이 묘했다.
간호사인 그녀는 심각한 표정이었다.
"오, 우리 방송 아시나 보네."
"알기는 아는데……."
그래서 문제다.
〈루저의 본질〉은 악플러들을 고발하는 프로그램이다.
그리고 분명 지난 방송에서, 악플러를 찾아가 피해자인 레일 앞에서 악플을 읽게 한다고 했다.
"아……."
그런데 여기로 찾아왔다는 건, 바로 여기에 악플러가 있다는 소리다.
"이건 원장님에게 말씀드려야 할 것 같은데요."
"그러세요. 저도 원장님을 뵈러 온 거거든요."
간호사의 눈이 커졌다.

원장님에게 볼일이 있다?

방송국 사람을 데리고 안과 치료를 받으러 온 게 아니라면, 이유는 하나뿐.

'당장 다른 자리를 알아봐야겠네.'

그녀는 그렇게 생각하면서 안쪽으로 들어갔고, 잠시 후 우당탕 소리와 함께 반백의 남자가 뛰쳐나왔다.

"뭐야! 경찰 불러, 경찰!"

당혹한 원장은 소리를 버럭 질렀다.

그러나 레일은 이미 예상하고 왔다.

"아, 경찰 말고 검사님은 여기에 계신데요."

"헉!"

박비광은 옆에서 수갑을 흔들고 있는 오광훈을 보고는 숨이 넘어가는 표정이 되었다.

"이…… 이거 명예훼손이야!"

"아, 명예훼손요? 그거 어차피 처벌 안 하는 거 아니었나요?"

옆에 있던 오광훈이 고개를 끄덕거렸다.

"검찰청 처리 지침에 따라 명예훼손은 기본적으로 무조건 기소유예지."

"자, 들으셨지요?"

레일은 씩 웃으며 말했다.

"아니…… 이건 업무방해……."

"공익 제보를 위한 취재라면 업무방해가 성립되지 않아.

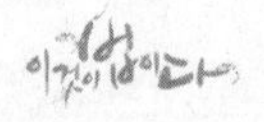

정확하게는, 조각 사유의 발생으로 처벌이 면제되는 거지.”

박비광의 말에 레일은 품에서 뭔가를 꺼냈다.

“우리 심안의눈 님, 저한테 하실 말씀이 많으셨나 봐요?”

웃으면서 품에서 꺼낸 종이를 건네는 레일.

“제 앞에서 당당하게 읽어 주세요. 그러면 합의서를 써 드릴게요.”

“처…… 처벌도 안 한다면서 무슨 합의서야!”

“민사는 아니거든요. 여기서 당당하게 읽으시면 제가 민사는 확실하게 까 드립니다.”

엉겁결에 종이를 받은 박비광.

그는 그대로 주저앉아서 질질 짜며 오줌까지 지렸다.

자신의 인생이 끝장났다는 걸 직감적으로 느끼고 있었던 것이다.

-오늘 나 다니는 병원으로 〈루저의 본질〉 촬영 팀 찾아옴. 원장 오줌 싸면서 레일한테 살려 달라고 빔.

-리얼?

-리얼. 레일이 악플 다 읽기 전에는 합의 없다고 못 박음. 원장 질질 짜면서 악플 다 읽음. 완전 개새끼임.

요즘은 인터넷이 너무 발달해서, 어지간한 정보는 금방금방 퍼진다.

특히 대중을 대상으로 촬영할 때는 더더욱 빨리 퍼질 수밖에 없다.

그 사건에 관심을 가지고 있는 사람에게는 더더욱 말이다.

'어쩌지? 어쩌지?'

김소안은 몇 번이나 검색하면서 덜덜 떨었다.

〈루저의 본질〉이라는 방송에서 박비광을 찾아가 그런 짓을 했다는 말에 자신이 저지른 일이 기억난 것이다.

그녀 역시 레일에게 못 할 말을 써 가면서 모욕했으니까.

"일 똑바로 안 해! 어? 언제까지 검색만 할 거야?"

"그게……."

"이래서 계집은 못 쓴다니까."

김소안은 입술을 깨물었다.

자신이 한 모든 일들, 그게 자신을 덮쳐 오고 있었다.

'내가 왜 이런 꼴을 당해야 해?'

그녀는 이를 악물었다.

그녀가 두한에 지원해서 합격한 것은 이런 취급을 당하기 위함이 아니었다.

일을 못해서 욕먹는다면 억울하지라도 않을 텐데, 아예 일할 기회 자체를 주지 않는다.

간단한 서류 정리만 시킬 뿐, 자신을 일원으로 취급하지도

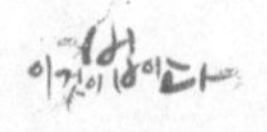

않는 회사였다.

"김 양아! 커피 좀 타 와라!"

과장은 자리에 앉아서 고스톱을 치면서 외쳤다.

"달달하게, 알지?"

김소안은 그렇잖아도 머리가 복잡했다. 더군다나 방송에 나가게 되면 자신의 인생은 어차피 끝장이라는 생각이 들었다.

두한에서 자신을 가만두지는 않을 테니까.

그리고 그 순간, 그녀의 머릿속에서 뭔가가 끊어졌다.

"야! 커피는 네가 타 먹어!"

순간 사무실에 흐르는 침묵.

모두의 시선이 김소안에게 향했다.

그러나 해직당할 수밖에 없다는 사실을 알고 있는 김소안은 이제 뵈는 게 없었다.

"내가 다방 아가씨야? 너희들 다! 손이 없고 발이 없는 병신 새끼들이야? 내가 너희 커피 타 주러 온 줄 알아?"

처음 있는 일이었다.

누구도 그들에게 저항한 적 없었다.

그러나 이제 막장인 김소안은 눈에 보이는 것이 없었다.

"너희 말이야! 내가 얼마나 남았는지 모르지?"

"아니, 너 미쳤냐? 어? 미쳤어?"

"이년이 정신이 나갔나!"

점점 흉흉해지는 분위기.

그러나 김소안은 그들에게 대꾸하는 대신에 서랍을 열고 그 안에 있는 걸 꺼냈다.

모든 직장인들이 다 가지고 있지만 차마 제출하지 못하는 것, 사직서.

김소안은 그걸 과장의 얼굴에 던졌다.

"나 그만둘 거야!"

"뭐야?"

"그만둘 거라고, 이 새끼야! 손대지 마. 손대지 마! 손대면 성추행으로 신고할 거야!"

그러자 과장이 움찔했다.

"그래, 이참에 아주 잘된 것 같네. 네가 성추행한 거 대룡에 가져다 팔 거야. 내가 다 녹음해 놨거든?"

"야…… 야……!"

대룡이라고 하면 앙숙 중의 앙숙. 그걸 이용해서 뭔 짓을 할지 모른다.

그렇게 되면 과장 역시 잘리는 건 당연한 일이다.

"김 양아, 그러지 말고……."

대번에 태도가 바뀌는 과장.

그러나 김소안은 이미 막 나가고 있었다.

"웃기는 소리 하지 마! 꺼져!"

"야…… 잡아! 말려!"

사무실을 뛰쳐나가려는 김소안을 잡으려고 하는 직원들.

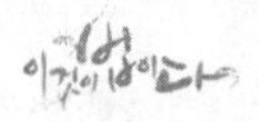

그러나 김소안은 바로 112에 전화했다.

"살려 주세요! 여기 두한 빌딩이에요! 회사에서 저를 납치하려고 해요!"

"납치라니! 야, 막아!"

"하지만 과장님……."

"막으라고!"

–바로 경찰 출동하겠습니다. 조금만 기다리세요.

막으라고 하는 과장의 고함 소리를 들은 경찰은 초긴급으로 경찰을 출동시켰다.

채 5분도 되지 않아서 경찰이 두한 빌딩으로 들이닥쳤고, 과장은 손으로 얼굴을 덮으면서 눈을 질끈 감았다.

이게 상부에 들어가게 될 건 당연한 일이니 자신의 인생은 고달파지게 될 테니까.

"같이 나가시지요."

"엿 먹어라!"

과장에게 가운뎃손가락을 세우고는 나가는 김소안.

그러나 그녀는 그 당당했던 모습은 오래가지 못했다.

"어?"

막 두한 빌딩 안으로 들어오던 레일과 오광훈.

그리고 그 뒤의 카메라들.

"김소안 씨?"

"그, 그게……."

"벌써 체포당하신 거예요?"

김소안은 그대로 주저앉았다.

"이러면 계획이 어그러지는데."

노형진은 레일의 말에 눈을 찡그렸다.

원래는 현장에서 촬영하는 게 목적이었다.

그렇게 사회적으로 고립시킴으로써 그들이 저지른 죄에 대해 벌을 받게 하는 것. 그게 목적이었다.

그런데 뜬금없이 퇴직이라니.

-이거 어쩌죠? 잘못했다고 비는데.

"뭐, 비는 거야 계속 봐 왔던 것 아닙니까? 솔직히 말씀드리면 최소한의 벌도 없으면 반성도 없습니다."

불쌍해서 봐줬더니 돌아서서 또 악플을 다는 게 악플러다.

겁먹고 회사를 그만뒀다고 하지만 그렇다고 해서 모든 문제가 해결된 것도 아니고 말이다.

회사를 그만둔 건 자기가 선택한 거지 처벌을 받은 것은 아니니까.

-역시 그걸 방송해야겠지요?

"해야 합니다. 불쌍하다고 봐주면 끝이 없으니까요."

물론 그 벌이 감경될 것이야 예상 가능하지만 말이다.

"더군다나 우리가 이런 방송을 하는 이유가 뭔데요? 검찰에 화살을 돌리기 위해 아닙니까?"

검찰은 지금 일이 귀찮다는 이유로 처벌을 하지 않으려고 한다.

하지만 이런 방송이 계속될수록 검찰 입장에서는 부담이 될 수밖에 없다.

범죄자들을 무조건 풀어 주니까.

더군다나 방송에 나올 정도의 인간들은 악질 중에서도 악질이다.

그런 놈들이 쓴 글을 들으면서 사람들이 악플러에 대한 좋은 인식을 가지기는 힘들다.

-그래서 말인데, 무대에서 하거나 다른 장소를 정해서 하는 건 어쩔까요?

"형평성에 어긋나는데. 하긴, 방법이 없기는 하네요."

이미 회사를 그만뒀다면 사회적으로 매장한다는 것은 의미가 없다.

법률상 얼굴을 공개할 수는 없으니 결국 주변의 지형지물을 최대한 보여 주며 촬영해야 하는데, 회사를 그만둔 이상 그럴 만한 게 없다.

"집도 자취라고요?"

-네. 그러니까 집에서 해 봐야 소용도 없고.

본가도 아닌 자취라면 방을 옮기면 그만. 이름도 공개하지 못하니까.

"이거야 원."

우연인지 머리를 쓴 건지 알 수는 없지만 아슬아슬하게 목숨을 건진 것이다.

"뭐, 피해자는 제가 아닌 레일 씨니까 그렇게 하도록 하지요."

레일이 봐주겠다는데 노형진이 뭐라고 할 수는 없다.

"그러면 차길명은 어쩌실 겁니까? 고민 많이 하셨잖습니까?"

차길명은 학생이다.

그리고 한국은 학생에게 관대하다.

레일 역시 상대방이 학생이라는 걸 알고는 고민하다가 내용증명을 보냈다.

악질이기는 하지만 법적으로 처벌받게 만들기에는 학생이라는 점이 영 꺼림칙했기 때문이다.

그래서 사과한다면 조용히 넘어갈 생각이었다.

-아직도 악플 달고 있습니다.

레일의 말에 노형진은 어이가 없었다.

"아직도 악플을 달고 있다고요?"

-네. 내용증명을 받았는데도 불구하고 여전히 그러고 있네요. 아, 답장이 오기는 했습니다.

"뭐라고요?"

-'법대로 해, 이 씨발 새끼야.'

"허."

노형진은 혀를 끌끌 찼다.

"전형적인 양아치 새끼네."

법적으로 처벌하지 않는다는 것을 안다. 더군다나 자신은 미성년자라 보호받고 있다는 것도 안다.

그러니까 법대로 하라는 것이다.

반성 따위는 없었다.

'그러면 이해가 가네.'

그렇게 막 나가는 놈을 보다가 한쪽에서 눈물을 펑펑 흘려가면서 비는 사람을 보면 아무래도 상대적으로 비교될 수밖에 없다.

사과하는 사람과 어디 한번 해보자며 덤비는 사람의 처벌이 같다면 그것도 문제이기는 하다.

'그건 내가 따로 준비하려고 했는데…….'

당연히 노형진에게는 그렇게 개기는 사람들을 따로 강하게 처벌할 방법이 있다.

그러나 의뢰인인 레일의 결정이 가장 중요한 만큼 그의 의견을 따라야 한다.

"뭐, 그러면 그쪽은 제가 알아서 처리하도록 하지요."

-하지만 될까요? 그 녀석도 나름 알아봤던데.

명예훼손 각하 제도 때문에 처벌도 안 된다.

더군다나 그 녀석은 법정 미성년자.

-한국에서 미성년자는 사람을 죽여도 처벌을 안 하니까요.

그건 레일도 알고 있다.

지금까지 고소한 사람들이 한두 명이 아니니까.

경찰서에 와서도 미성년자는 그 사실을 마치 전가의 보도처럼 휘둘렀다.

실제로 경찰들도, 아무리 노력해서 올려 봐야 미성년자라서 처벌을 받지 않기 때문에 조서부터 대충 작성한다.

고개를 빳빳하게 들고 피해자에게 씹새끼라고 욕해도, 올라가는 조서에는 충분히 반성하고 있다는 식으로 적히는 것이다.

"그 부분은 제가 알아서 하겠습니다. 그러니 걱정하지 마시고 그 녀석부터 털어 내세요. 그리고 김소안 같은 경우는 어쩔 수 없지요."

피해자가 기회를 한 번 더 준다는데 그걸 막을 수는 없었다.

'뭐, 예정이 좀 바뀌기는 했지만.'

어찌 되었건 큰 줄기는 바뀌지 않았다.

진짜 큰 줄기는 사람들이 모르는 곳에서 이어지고 있었다.

아마도 그 줄기를 예상하는 사람은 없으리라.

"일단 차길명 그 애부터 잡으세요. 그다음은 제가 알아서 처리하겠습니다."

노형진은 그렇게 말하면서 미소를 지었다.

아귀다툼

"우리 애가 그럴 애가 아니야!"

"당신들 뭐야!"

반성을 하지 않는 존재는 분명 있다.

그리고 차길명은 딱 그런 타입이었다.

그런데 신기한 것은, 그런 놈들의 부모들도 대부분 뻔하다는 것이다.

"너 내가 누군지 알아!"

고래고래 소리를 지르는 남자.

"나 부장판사야, 부장판사!"

자신의 권력을 자랑하는 남자.

그걸 본 오광훈이 피식하고 웃었다.

"그래서요?"

"뭐?"

"그러니까 지금 하신 말씀이, 부장판사의 권력으로 사건을 묻어 버리겠다 뭐 그런 뜻이시지요? 검사 앞에서 깡도 좋으시네요."

오광훈이 수갑을 손가락에 걸고 살랑살랑 흔들며 묻자 남자는 입을 꾹 다물었다.

여러 대의 카메라, 그리고 눈앞에 있는 '꼴통'이라 불리는 검사.

"아니면 뭐, 부장판사의 권력으로 우리를 엿 먹인다든가."

"……."

"그러고 보니까, 부장판사 되신 지는 얼마나 되셨습니까? 얼마 안 되신 것 같은데."

노형진의 공격 때문에 부장판사급에서는 상당수 모가지가 날아갔다.

자리를 지키고 있는 부장판사는 극히 드물다.

실제로 이 남자 또한 부장판사가 된 지 채 6개월도 되지 않았다.

'이건 뭐, 계속 똥 퍼내는 것도 아니고.'

그래도 윗선을 잘라 내면 어느 정도 정리가 될 줄 알았는데 아래에서 기어올라 온 놈들도 마찬가지다.

'이러니까 형진이가 다 족치려고 하지.'

그렇게 정화를 하고 깨끗하게 정리했음에도 불구하고, 노형진은 여전히 검찰과 경찰 그리고 사법부를 믿지 않는다.

아래에서 올라온 놈들 역시 결국은 부패를 배운 상태이니까.

상대적으로 덜할 뿐이라는 게 노형진의 말이었다.

"이거 녹화방송 그대로 나갑니다. 아시죠?"

"아니, 그게……."

이게 방송되는 순간 바로 탄핵에 들어갈 텐데, 언론에 나와서 권력으로 사건을 무마하겠다고 한 판사에 대한 탄핵이 통과되지 않을 리가 없다.

'씨발, 망했다.'

그는 애써 말을 돌렸다.

"미안합니다. 내가 너무 흥분해서……."

사건을 무마하려고 하는 남자.

그러나 그의 철없는 아들은 벌써 눈이 뒤집혀 있었다.

"지랄하고 자빠졌네. 법대로 해, 법대로!"

"길명아! 좀 조용히 해!"

"씨발, 내가 뭐가 아쉬워서 저런 딴따라한테 고개를 숙여요? 어차피 처벌도 안 받을 건데!"

"야! 좀!"

"아빠, 그냥 죽여 버려요!"

철없이 고개를 빳빳하게 들고 이기죽거리는 아들을 보고 그는 아차 싶었다.

'내가 짐승 새끼를 키웠구나.'

그러나 이제는 너무 늦어 버렸다.

이미 저쪽에서는 이쪽을 사냥하기 위해 왔으니 그가 할 수 있는 일은 최선을 다해서 가족을 지키는 것뿐이었다.

"일단 경찰서에 갑시다, 경찰서. 그리고 이거 방송에 내기만 해 봐!"

역시나 판사답게 그는 빠르게 행동했다.

법원을 통해 방송 금지 신청을 걸었고, 그가 판사라는 걸 증명이라도 하듯 한 시간도 지나지 않아서 방송 금지 신청이 인정되었다.

'그래, 내가 이길 수 있어.'

그래도 부장판사다. 방송만 막을 수 있다면 어떻게 해서든 사건은 무마할 수 있다.

그는 그렇게 생각했다.

"그래서, 반성하고 있지요?"

"네."

"다시는 안 그럴 거지요?"

"네."

마치 마법 같다고 할까?

방금 전까지만 해도 법대로 하라고 악다구니를 쓰던 차길명은 마법처럼 순한 양이 되어서 눈물을 흘려 가면서 조서를 쓰고 있었다.

"이런 거였나? 기가 막히네."

검사라는 직업은 직접 가해자들의 본질을 볼 기회가 없다.

그들이 가해자를 만날 때쯤이면 이미 눈물로 자신의 죄를 반성한다고 하고 있으니까.

하지만 지금 이렇게 눈물을 흘려도, 아까 전 덤비던 모습이 오버랩 되는 듯해서 가증스러울 뿐이었다.

"직접 보니까 어때?"

"어이가 없어서 말이 안 나온다."

심지어 자신은 검사였고 현장에서부터 지켜봤다는 걸 안다. 그런데도 저 지랄이다.

오광훈이 사건의 담당 검사가 아니라는 걸 알고 있기 때문이다.

방송까지 출연한 사람이 사건의 담당 검사가 될 수는 없으니까.

그러니 저렇게 뻔뻔하게 나오는 것이다.

"그나저나 어쩐 일이야?"

"어쩐 일이긴. 다음 일 하려고 온 거지."

노형진은 빙긋 웃었다.

사실 방송 금지 가처분 신청은 예상은 한 일이다.

워낙 파격적인 방송이기도 하니까.

더군다나 가해자의 아버지가 판사라면 당연히 일어날 일이었다.

'애초에 주력은 그것도 아니었고.'

노형진은 다음 계획을 시작하기 위해 경찰에게 다가갔다.

경찰은 그가 다가오자 침을 꿀꺽 삼켰다.

"안녕하세요, 형사님."

"저기, 변호사님. 저도 규정대로 하고 있는 겁니다."

피의자를 윽박지르거나 트집을 잡는 건 경찰이 할 수 없는 일이다.

정해진 질문을 하고 그에 대한 답을 쓰는 게 조서의 기본.

하물며 카메라가 찍고 있는 판국에 미성년자를 윽박질렀다가는, 방송 보는 시청자는 시원할지 몰라도 경찰 본인은 목이 날아간다.

"아니, 제가 뭐라고 했나요?"

싱글벙글 웃으면서 노형진은 뭔가를 꺼내 들었다.

"이건 뭡니까?"

"고소장…… 아니, 고발장입니다."

"고발장?"

"네."

"무슨 고발장을 저한테……?"

"일단 관련 사건이라서요."

"네?"

"받아 보시면 압니다."

그걸 받아서 살펴보는 경찰.

잠시 후 그의 눈이 어마어마하게 커졌다.

"학부모님에 대한 고발장요?"

"학부모님뿐만 아니라 학교와 학원에 대한 고발장입니다."

"아니, 이게 무슨……."

"아동 학대가 뭔지 아십니까?"

그건 다름 아닌 아동 학대에 대한 고발장이었다.

"아동 학대라니! 그게 뭔 소리야!"

바로 옆에서 어드바이스를 해 주던 현직 판사 아버지는 바로 울컥해서 소리를 질렀다.

"제가 조용히 들어 보니까 아주 가관이던데요?"

노형진은 바보가 아니다.

그들이 어떤 변명을 할지 알고 있다.

학업에 지쳤다, 학업 스트레스로 인해 실수한 거다.

'미성년 가해자들이 걸리면 거의 100% 나오는 변명이지.'

그 변명이 안 나오는 미성년 악플러는 본 적이 없었다.

"아동 학대란 단순히 때리는 것만 의미하는 게 아닙니다."

노형진은 느긋하게 말했다.

"미래를 준비한다는 이유로 아이에게 최소한의 휴식도 주지 않고 몰아붙이는 건 명백한 아동 학대입니다."

차길명은 소위 말하는 8학군이다.

그러나 성적은 바닥에 있다.

'그런 경우 부모의 선택은 뻔하지.'

심지어 아버지의 근무지에서 가깝지도 않은데 여기에 산다는 것은, 오직 자식의 공부를 위해 이사 왔다는 것. 그런데 정작 자식이 공부를 못한다면?

'답이 나오는 거지.'

노형진은 싱글벙글 웃으며 말했다.

"학교가 끝나는 시간은 4시, 그런데 집에 가면 새벽 1시, 일어나는 시간은 새벽 6시, 하루 평균 학원은 세 곳, 주말에는 일곱 곳, 한 달에 다니는 학원만 열여덟 곳, 그리고 별도의 과외까지."

지금까지 차길명이 말한 부분이다.

"이게 정상적인 학생의 일과로 보이십니까?"

절대 정상적인 일과는 아니다.

더군다나 차길명의 말에 따르면 새벽 1시에 집에 들어가서 바로 자는 것도 아니다.

예습한다는 이유로 새벽 2시까지 공부를 더 하다가 잔다고 한다.

"명백한 정서적 학대입니다."

저들의 변명을 예상했기에 노형진은 그걸로 딱 집어서 공략한 것이다.

"어?"

당황하는 판사와 차길명.

이건 생각지도 못한 말이었으니까.

'설마 갑자기 내가 차길명의 보호 쪽으로 공격 패턴을 바꿀 거라고는 생각 못 했겠지.'

노형진이 아무리 뛰어나도 법을 바꿀 수는 없다.

어찌 되었건 차길명은 미성년자이기 때문에 법적으로 그 신분이 보호받는다.

그건 노형진이라고 해서 막을 수 있는 일이 아니다.

사회적으로 공분을 사는 잔인한 사건들조차도 미성년자라고 풀려나는데 어떻게 그걸 막는단 말인가?

"으음……."

아동 학대에 관한 고발. 더군다나 그 근거는 그들이 스스로 진술한 것이다.

아이의 미래를 위해서라고 주장하겠지만 정서적 신체적 학대를 한 것은 법률상 인정된다.

"탄핵, 피하고 싶었지요?"

사색이 되는 판사에게 웃으며 말하는 노형진.

하지만 판사가 아동 학대로 처벌받으면 100% 탄핵 대상이다.

"그리고 이건 업무상배임에 관한 부분이고요."

"업무상배임요?"

"이런 걸 학교에서 전혀 몰랐으리라고 생각하세요?"

이 정도로 아이를 몰아붙이면 학교에서는 거의 잠만 자게 되는 게 사실이다.

실제로 8학군이라는 곳의 수업이라고 다른 곳과 크게 다르지는 않다.

법에서 정한 규정이 있으니 어느 한 곳만 특화시켜서 가르칠 수는 없기 때문이다.

"차길명 학생의 학교는 특화고도 아닙니다."

당연히 평균적인 양의 교육을 받아야 한다.

즉, 학교가 특이해서가 아니라 학원 때문에 8학군이 생기는 것이다.

그런데 그걸 학교에서 몰랐을까, 이렇게 잠이 부족하면 학교에서 제대로 수업도 못 받는데?

'아마도 학교에서 내리 잠만 자겠지.'

실제로 학원의 힘이 강해지면 학교는 수업을 방관하는 성향을 보이기 시작한다.

그럴 수밖에 없는 게, 학원이 강해지면 선행 학습이 이루어지고, 선행 학습이 이루어져서 모든 걸 다 알고 공부량이 너무 많아 졸리는데 아이들이 학교의 표준 교과과정을 다시 배우려고 할 리가 없기 때문이다.

정부에서 선행 학습을 금지한 데에는 다 이유가 있다.

물론 그 규정은 학교만을 대상으로 하는 거라 학원에는 적용되지 않는다.

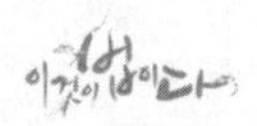

당연히 학원에서는 무조건 선행 학습을 시킨다.

심한 경우 중학생에게 대학생급의 선행 학습을 시키는 곳도 있다.

걸음마도 시작 못했는데 뛰라고 하는 꼴이다.

"판례에서는 그런 행동을 아동 학대라고 하지요."

학교 측은 그 사실을 알고 있으면서도 방관했으니 업무상 배임에 들어간다. 학교는 학생의 보호 책임이 있는 곳이니까.

"어어억!"

차길명의 아빠는 눈이 돌아가기 시작했다.

노형진이 어떤 변호사인지는 알고 있었다. 하지만 자신과 엮일 일은 없을 거라 생각했다.

그런데 당하기 시작하자 이건 답이 보이질 않았다.

"헐."

뒤에서 보고 있던 레일도 눈을 크게 떴다.

'악플 하나로 몇 놈을 잡는 거야?'

그들에게는 당연한 변명이었을지 모르지만 그 변명은 결국 다른 죄의 고백일 뿐.

"아, 그리고 제가 좀 알아봤는데요."

노형진은 자신의 가방에서 뭔가를 꺼내 들었다.

"과외 하는 분이 조장제 씨 맞습니까?"

"맞습니다만……."

"그분 세무 기록을 보니까 누락되어 있던데요?"

눈이 커지는 판사. 설마설마했다.

"여기, 조장제 씨 탈세 혐의 고발 서류입니다."

"야, 이 미친 새끼야!"

학교에 학원에, 심지어 아비인 자신에 이어 과외 하던 선생님까지 고발할 줄은 상상도 못 했다.

"욕하지 마세요, 모욕죄로 고발하기 전에."

히죽 웃으면서 말하는 노형진.

"사과하라고 했더니 아드님이 법대로 하라고 했습니다. 그래서 법대로 하는 건데 대체 뭐가 불만이세요?"

그는 아들을 무서운 눈빛으로 노려보았다.

아들의 악플 때문에 자신의 인생이 아주 작살나는 꼴을 두 눈으로 똑똑히 봐야 했으니까.

"아, 그리고 하나 더 있는데. 뭐, 이건 법원에 감찰을 신청해야겠네요."

"감찰?"

"그 조장제 씨 말입니다."

노형진은 싱글벙글 웃고 있었다.

이미 관련 자료는 다 확보한 상황.

"이쪽에서는 일타 강사로 유명하시더라고요."

일타 강사. 아주 유명하고 잘 가르치는 사람들.

그리고 어딜 가나 통용되는 한 가지 사실이 있다.

능력이 있으면 그 사람은 비싸다.

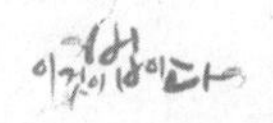

"대충 알아보니까 한 달에 천만 원부터 시작하던데요?"

싱글벙글 웃는 노형진.

그리고 판사의 얼굴은 창백해졌다.

"제가 알기로는 판사 월급이 천만 원이 안 되는데 그 돈은 대체 어디서 구하셨을까?"

"……."

"궁금하지 않습니까? 후후후."

카메라에 클로즈업된 그는 아무런 말도 하지 못했다.

⚖

"어떻게 안 거야?"

"뭘?"

"부패 판사라는 거 말이야."

"말했잖아, 일타 강사라고. 한 달에 몇억을 버는 인간이야. 그런 사람을 여기까지 와서 과외 하게 할 수 있다는 것 자체가, 그 부모가 그만한 돈을 어떤 식으로든 챙겼다는 뜻이라고."

담담하게 말하는 노형진.

옆에서 설명을 듣고 있던 레일은 신기하다는 듯 노형진을 바라보았다.

"그런데 돈을 받았다는 증거는 없잖아요?"

"그거야 뭐 당연한 거니까요."

"당연한 거라고요?"

"네, 판검사들은 분명 싹 정리했으니까요. 다시 말해서, 부패한 사람들이 나갔다는 거죠."

"그렇다면 더욱 의심하지 않아야 정상 아니에요?"

레일은 당연히 그게 정상이라고 생각했다.

부패한 놈들이 나갔으니 그 자리에는 정상적인 판검사들이 들어오리라.

그러나 그건 환상일 뿐이다.

"부패한 자리에 들어올 사람들이 깨끗할 거라는 보장은 어디에도 없습니다."

도리어 갑작스럽게 비어 버린 그 자리를 채우는 데 급급하여 그가 부패한 사람인지 아닌지 검증할 시간조차도 없었다.

"그리고 그런 뇌물을 가지고 이득을 본 사람은 판검사만이 아니거든요."

판검사야 공직자인 만큼 정리가 가능하다.

하지만 그들에게 뇌물을 주고 온갖 혜택을 입어 왔던 자들이 과연 그 혜택을 포기할까?

당연히 아니다. 그들이 그 혜택을 포기할 리가 없다.

그렇다면 방법은 하나뿐이다.

"다른 부패 세력을 만들어 내는 거지요. 그러니 뇌물을 받았으리라는 걸 추측하는 건 어려운 일이 아닙니다."

그렇게 말하며 노형진은 어깨를 으쓱했다.

"그걸 다 계산했다고요?"

"계산했다기보다는 얻어걸린 거야. 사실은 그냥 아동 학대로 끝낼까 했거든."

부장판사의 월급이면 충분히 8학군에서 버틸 만하다. 물론 쪼들리기는 하겠지만 말이다.

"그런데 이상하더라고."

원래 8학군에 있던 사람도 아니었다.

그런데 부장판사로 승진하고 나서 이사를 오고, 거기다 부족함이 없이 살면서 아들을 공부로 그렇게 몰아붙인다?

"추가적인 수입이 없으면 그건 불가능하거든."

그 추가적인 수입. 그게 바로 그 뇌물이었다.

"아무래도 처음에는 좀 확실하게 떡밥을 줘야 하니까."

부패한 놈들이 날아가는 걸 봤으니 작은 떡밥에는 꿈적도 안 할 테고, 결과적으로 처음에는 좀 크게 질러야 할 것이다.

상대방을 흔들어야 하니까.

최소한 몇억 단위로 말이다.

"그런데 부모 조지는 거랑 악플이랑 무슨 관계가 있어?"

조용히 듣고 있던 오광훈이 어리둥절하여 물었다.

"원래 미성년자에 대해서는 부모가 그 책임을 지게 되어 있어."

"그거야 알지. 그런데 사실상 뭐 무력화된 법이잖아."

원래 법률상 미성년자의 위법행위는 부모가 책임진다.

하지만 당사자는 아니기 때문에 민사적 책임만 질 뿐이다.

"문제는 민사적 책임이 좆도 아무것도 아니라는 거잖아."

"맞아."

노형진은 오광훈의 말에 동의하면서 고개를 끄덕거렸다.

"그래서 대부분의 미성년자 악플 건을 보면, 부모가 자식을 방관하는 경우가 많아."

그저 공부하라고 학원에 보내 놓은 후 방관하고, 아이가 집으로 돌아와도 이야기를 나누는 등 정서적 유대를 쌓거나 쉬게 해 주는 게 아니라 그저 또 공부하라고 방으로 몰아넣는다.

"부모를 공격하는 게 왜 악플을 없애는 결과를 불러오냐고? 간단해. 결국 미성년자의 감시자는 부모거든."

이렇게 방송에서 대놓고 부모를 공격하면, 자기 인생 망가지는 걸 막기 위해서라도 집에서 아이들을 케어할 수밖에 없다.

물론 그걸로 악플을 완벽하게 막을 수는 없겠지만, 최소한 부모가 감시하고 브레이크를 걸 수 있는 기회는 된다.

"그걸 위해서는 일벌백계가 필요하지, 자식을 방치하면 자신들의 인생이 망가진다는."

노형진의 말에 레일은 고개를 끄덕거렸다.

"악플 하나에 온 가족 인생을 조지네요."

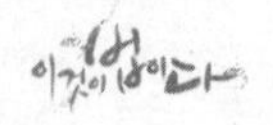

"뭐, 운이 좋게 걸렸다고 해야 하나?"

노형진은 어깨를 으쓱했다.

사실 특수한 경우가 아니었다면 이 정도까지 가지는 않았을 것이다.

아마도 일반적인 악플러였다면 학원이나 학교를 고발하는 선에서 끝났을 가능성이 높다.

"그런데 말이야."

오광훈은 고개를 갸웃하며 질문을 던졌다.

"사실 이런다고 해서 악플이 사라질 것 같지는 않은데. 그렇잖아. 비슷한 경험이 있잖아."

"갑질 말이지?"

갑질을 하는 사람들을 고발하는 프로그램은 여전히 인기리에 방영 중이다.

하지만 그럼에도 불구하고 갑질을 하는 사람들은 여전히 존재한다.

방송의 특성상 고발할 수 있는 숫자가 그다지 많지는 않으니까.

"그래, 맞아. 그렇지."

"이번 사건도 마찬가지 아냐? 그렇잖아. 악플러들이 한두 명도 아니고, 잠깐 조용할지는 모르지만 그런 놈들 반성 없다고 한 건 너야."

노형진은 고개를 끄덕거렸다.

“하지만 이번에는 그 갑질 하는 놈들하고는 좀 다를 거야.”

“왜?”

“그들을 지켜 줄 거거든.”

“누구를? 악플러를?”

노형진은 고개를 끄덕거렸고 두 사람은 어이가 없다는 표정이 되었다.

⚖

‘그 전에 할 일이 있지.’

노형진은 그 전에 할 일이 있었다.

그건 다름 아닌 악플러 사냥.

노형진은 그걸 위해 한국엔터테인먼트조합의 사람들과 법무 법인 하늘의 사람들을 모았다.

“이제 우리는 새로운 방식으로 소송을 진행할까 합니다.”

“새로운 방식요?”

“그렇습니다. 사실 아예 새로운 방식은 아닙니다만.”

노형진은 진지하게 말을 꺼냈다.

“현재 저작권 침해 문제는 확실히 심각하지요. 하지만 과거에 비해서는 확실히 줄어들었습니다. 왜일까요?”

“으음…….”

박상규는 잠깐 고민하는 눈치였다.

확실히 지금도 불법 공유는 상당히 많이 벌어지고 있다.

그러나 과거에 비하면 많이 줄어들기는 했다.

왜 그럴까?

저작권 침해 고소 사건 각하 제도가 사라진 건 아니다.

여전히 진행되고 있고 그건 앞으로도 지속될 것이다.

대한민국은 저작권이나 특허권을 무척이나 싸구려 취급하니까.

중소기업의 특허를 대기업이 침해해도 고작 몇천으로 퉁치는 게 대한민국의 법원이다.

판사가 바뀌었다고는 하지만 여전히 판례는 강력한 힘을 자랑하니 어쩔 수가 없는 현실이다.

"왜 그런지 모르겠네요."

"소문이지요."

"소문이라고요?"

"몇몇 저작권 대행업체에서 작전을 바꿨습니다."

저작권을 보호하지 않겠다고 검찰에서 발표한 후, 몇몇 대행업체들이 전략을 바꿨다.

저작권 관련 소송에서 기소유예가 나왔다는 것은 결국 죄는 인정된다는 것이다.

그들은 그것을 이용해 가해자들에게 민사적으로 책임을 묻기 시작했다.

"형사적으로 처벌을 하지 않을 수는 있겠지만 민사적으로는 방법이 없거든요."

배상 책임이 발생하는 것은 사실이니까.

물론 그런다고 해서 수백만 원씩 뜯어낼 수 있는 것은 아니다.

하지만 최소한 이쪽에서 끝까지 간다는 이미지를 만들어 줄 수는 있고, 결과적으로 소문이 나면서 확실히 저작권 침해를 하는 사람들은 많이 줄어들었다.

"하지만 그러기 위해서는 돈이……."

민사까지 가기 위해서는 돈이 어마어마하게 든다.

더군다나 그걸 다 일일이 소송을 건다면 업무가 너무 많아진다.

"그러니까 우리도 일괄 소송을 제공하는 겁니다, 그들처럼."

"그들처럼?"

"지금 로스쿨 출신들의 상황이 어떤지는 다들 아실 거라 생각합니다."

하늘 쪽 사람들은 고개를 끄덕거렸다.

"좋지 않지요."

법무 법인 하늘에 속한 사람들은 그나마 상황이 나은 편이다.

하지만 그렇지 못한 사람들은 제대로 수익을 내지 못하고 있다.

장기적으로 봤을 때 로스쿨 출신들이 권력을 쥐는 건 당연한 일이지만 여전히 그들이 사법연수원 출신보다 실력이 떨어진다는 이미지가 있으니, 사법연수원 출신들이 주력을 차지한 법조계에서 그들이 자리 잡기란 쉽지 않은 일이었다.

"그들에게 위임하는 겁니다. 그리고 그 배상금은 최소한만 받고 나머지는 그들이 챙기는 거죠."

"그 말은?"

"증거 채집부터 고발까지, 모든 것을 다 법률 회사에서 한다는 겁니다. 저작권 단속과 딱히 다를 바가 없지요."

"흠……."

다들 웅성거리기 시작했다.

저작권 단속이 일부에서 욕먹기는 했지만 어찌 되었건 그들이 제대로 일한 것은 사실이다.

"악플러들을 전담하는 법률 회사라……."

계약만 맺으면 문제 될 것이 없다.

어차피 소송해도 그 이후에 욕먹는 건 법률 회사지 연예인이 아니다.

"차라리 이런 게 연예인들은 욕을 덜 먹지요."

개개인의 사건을 따로 계약하면 복잡해진다.

그리고 일부에서는 그렇게 고소해 가면서까지 돈을 벌고 싶냐는 욕이 나온다.

"하지만 저작권 고소 이후에 그 방향은 완전히 바뀌었습니다."

왜냐하면 일괄 위임 이후에는 연예인 측이 아닌 법률 회사에서 진행하는 거니까.

연예인이나 기획사는 아예 상관하지 않는다.

"그렇게 악플을 다는 사람들이 팬이 될 리도 없고요."

더군다나 악플은 저작권과 다르게 사람들의 마인드가 확실하다.

저작권은 그걸 무시하는 문화 때문에 별거 아닌 거 가지고 그런다고 욕하지만 악플은 인터넷이 생긴 이후에 계속 문제가 되어 왔고, 수많은 연예인들이 자살하고 그로 인해 정신병을 가지게 되고 은퇴하기도 했다.

"그리고 팬덤이라는 것도 있고요."

작가는 상대적으로 팬덤의 힘이 약하다.

애초에 작가란 전면에 나서는 사람들이 아니니까.

하지만 연예인들은 다르다.

"그걸로 고소할 경우 팬덤에서 실드를 쳐 준다 이거군요."

"맞습니다."

그렇게 한다면 악플을 다는 수만 명이 고소당하게 된다.

"검찰에서 기소유예를 내린다고 해도 의미는 없지요."

민사는 헌법을 부정하기 전에는 막을 수가 없다.

"더군다나 연예인이라는 특성상 배상금도 상대적으로 높을 겁니다."

명예훼손의 민사소송에서 중요한 것은 상대방이 얼마나 유명하고 잘 알려진 사람이냐는 것.

"아마 당분간은 로스쿨 출신 변호사들이 먹고사는 건 지장이 없을 겁니다."

다들 고개를 끄덕거렸다.

하늘에서 이 일을 해 주기 시작한다면 아마도 순식간에 악플러들은 근절될 것이다.

"그와 동시에 악플러들을 보호해야 합니다."

"네? 그게 무슨……."

"악플러들을 보호한다고요? 그게 말이나 됩니까!"

몇몇 기획사의 대표들이 발끈했다.

주로 소속 연예인들이 그 피해를 입고 있는 사람들이었다.

"우리 애들이 악플러 때문에 공황장애 진단을 받고 치료받고 있습니다. 벌써 6개월이나 활동을 못 하고 있습니다. 그런데 그들을 보호한다고요?"

"말이 안 되지 않습니까? 악플러를 무차별적으로 민사소송으로 고소해서 돈을 번다면서 반대로 그들을 보호한다니."

노형진은 빙긋 웃었다.

"아귀라는 걸 아십니까?"

"아귀?"

"그렇습니다, 아귀."

"아구 아니야?"

아구라는 생선을 잘못 말한 거라 생각한 누군가 되물었다.

그런데 다른 사람이 거기에 대꾸해 줬다.

"불교의 귀신 중 하나인데, 계율을 어기거나 탐욕을 부려서 아귀도라는 지옥에 떨어진 귀신을 말해. 음식을 먹을 수 없어서 늘 굶주림으로 괴로워한다네."

"잘 아시네요."

"불교 신자라서요."

"제가 만들고자 하는 건 아귀들의 싸움입니다."

사람들은 그 말을 이해하지 못해 노형진을 멀뚱하니 쳐다보았다.

"아귀들은 배가 고픕니다. 당연히 서로를 잡아먹기도 하지요. 그래서 아주 추악한 싸움을 아귀다툼이라고 표현하지요. 그건 악플러들도 마찬가지입니다."

연예인들이 고소와 고발을 진행한다고 해서 그들이 멈출까?

아니다. 그들은 절대 멈추지 않는다.

"지금까지의 기록을 봐도 그렇지요. 그들은 연예인들이 고소와 고발을 적극적으로 하자 그 실드를 치는 팬을 추적해서 악플을 달았습니다."

"하긴, 그랬지요."

박상규가 노형진에게 이번 사건을 부탁한 이유가 바로 그것이었다.

연예인들이야 소속사가 보호해 줄 수 있다지만 팬들까지 보호할 수는 없다.

법률적 자격도 안 되고, 누가 공격받는지도 알 수가 없다.

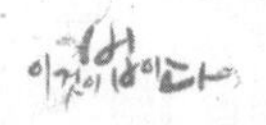

인터넷이 바다라고 불리는 이유는 그만큼 넓어서이니까.

"악플러들은 그저 욕할 대상이 필요한 겁니다. 특정 연예인이 밉거나 싫은 게 아니라요."

그냥 자기 스트레스를 풀고 싶은데 눈에 보이는 게 연예인인 것뿐이다.

"그런데 거기다 대고 먹잇감을 던져 준다면 어떻게 될까요?"

"먹잇감?"

다들 무슨 소리인가 하는 표정이 되었다.

하지만 박상규는 노형진의 계획을 알아차리고는 온몸에 소름이 돋았다.

"악플러를 먹잇감으로 던져 주자 이거군요."

"맞습니다. 특히 잘나가는 악플러들을 먹잇감으로 삼게 해 주는 겁니다. 이번처럼요. 그러면 아귀다툼이 벌어지겠지요."

악플이 달리는 이유는 자신들보다 잘나가는 사람들에 대한 질투와 자신이 패배자라는 현실에 대한 두려움이다.

"상대적으로 성공한 악플러, 그리고 있는 집안의 악플러들. 그들을 방송을 통해 공개적으로 특정할 겁니다. 일종의 연예인들처럼요."

자신들보다 잘난 사람들.

그들을 특정하면 악플러들은 어떻게 생각할까?

같은 악플러니까 힘을 내서 연예인의 고소에 저항하자고 할까?

그럴 리가 없다.

"악플러들이 달라붙겠군요."

상대적으로 자신보다 잘난 사람. 그리고 승리자.

그런 자들이 눈에 보인다.

사회적으로 범죄자로 특정되기도 했고.

"아귀다툼이라는 게 그런 의미였습니까?"

노형진의 계획은 악플러에 대해 악플을 달도록 유도하는 것이었다.

아귀다툼이란 아귀들끼리 싸우는 걸 뜻한다.

그리고 그렇게 되면 그들이 과연 연예인들에게 신경 쓸 틈이 있을까?

"그러면 악플러를 보호한다는 건 뭡니까?"

"그런 경우 이쪽에서는 적당한 핑곗거리가 생기는 거죠."

사회적으로 범죄에 대항하는 사람들을 보호한다는 핑계 말이다.

"죄가 없는 연예인들에게 악플을 달면 그건 부당한 행동이지요."

사회적으로 본다면 말이다.

하지만 범죄를 저지른 사람들에게 악플을 달면?

"사회적으로 어느 정도 용인되는 행동이지."

실제로 재판에서는 그 부분을 인정했다.

사회적 범죄자에게 다는 어느 정도의 악플은 사회적 분노의 일부분이라고 말이다.

"아귀다툼."

악플러들이 악플러들을 욕하고 잡아먹는 싸움.

"그리고 우리의 보호는 그 방향을 그쪽으로 바꾸게 될 겁니다."

악플러들이 악플을 받게 되면 어떻게 될까?

신상은 까발려졌고 사회적으로 몰락 중이다.

그리고 그들은 인터넷에서 온갖 조롱과 악플을 받게 될 것이다.

"그들은 어떻게 할까요?"

"아마도 이쪽과 똑같이 하겠지요."

박상규는 이해가 간다는 듯 말했다.

이쪽에서 성공적으로 방어하고 있다면 똑같이 고소하려고 할 것이다.

형사소송은 어차피 불가능하다.

기소유예가 뜰 테고, 민사소송만을 진행해야 한다.

"하지만 차이가 있지요."

민사소송을 하기 위해서는 돈이 필요하다.

연예인들의 경우는 사회적인 지명도가 있기 때문에 최저선의 손해배상은 나온다.

즉, 그걸로 변호사들이 수익을 낼 정도는 된다는 것이다.

"하지만 우리가 그들을 커버하면서 보호한다면?"

당연히 지명도에서도 밀리고 범죄자라는 특성상 불리하기도 하다.

그런데 법무 법인 하늘에서 보호하게 된다면?

당연하게도 변호사가 요구하는 최저 수익도 나지 않을 가능성이 크다.

"배보다 배꼽인 거죠."

이쪽에는 돈을 돈대로 물어 줘야 하는데 상대방에게는 돈을 받을 수가 없다.

"일이 아주 재미있어질 것 같지 않습니까?"

노형진은 싱긋 웃었다.

차길명의 아버지가 걸었던 방송 금지 가처분 신청을 푸는 것은 어렵지 않았다.

이미 조사가 들어가고 탄핵이 거의 확정적인 상황이라 동료 판사들이 그에게서 재빨리 등을 돌렸기 때문이다.

방송이 나간 후 자신 때문에 온 집안이 망하게 생긴 차길명은 찍소리도 못 하고 지방으로 도망치듯이 이사해야 했다.

김소안은 빌고 빌어서 스튜디오에 나와서 사과하고 악플을 읽는 것으로 무마되었다.

그녀가 저지른 죄가 사라지는 것은 아니었기에 노형진이

그 부분은 진행해야 한다고 우겼기 때문이다.

그리고 박비광은 나락으로 떨어졌다.

"흐흐흐흐."

실성한 것처럼 웃는 박비광의 모습은 정상으로 보이지 않았다.

그의 눈에는 분노가 가득했다.

모자이크 처리를 했다지만 방영된 영상에서 병원으로 가는 길이 이미 화면으로 나온 데다 근방에 있는 안과라고는 그의 병원을 포함에서 각각 다른 건물에 있는 세 곳뿐이다.

그런데 병원 입구가 찍혔으니 그의 병원이 특정될 수밖에 없었다.

"나를 감히 엿을 먹여?"

방송에서는 오줌까지 싸면서 빌었지만 진짜로 미안하지는 않았다. 어차피 자신보다 버러지였던 인간이다.

그런 놈이 자신을 모욕했다는 것에, 그는 분노를 참을 수가 없었다.

그 때문에 그는 핏발 서린 눈으로 인터넷 창을 보면서 글을 쓰고 있었다.

자신의 분노를 토해 내기 위해 말이다.

자신보다 잘나가는 인간을, 그는 용서할 수가 없었다.

-레일한테 강간당했어요. 그놈, 개변태에 강간마예요.

–레일이 저희 형을 때려 입원했습니다. 그런데 돈으로 그 모든 걸 다 막았습니다. 신고했지만 경찰이 저희를 쫓아냈습니다.

–레일이 저희 집에 사기를 쳤습니다. 저희는 쫄딱 망했어요.

분노. 그 분노를 푸는 법을 그는 몰랐다.

자신보다 잘나가는 사람들이 너무 미웠다.

특히 레일은 너무나도 미웠다.

레일은 바닥의 인간이었다.

원래대로라면 자신을 제대로 쳐다보지도 못했을, 버러지와 같은 하층민.

그런데 랩을 잘한다는 이유로 성공해서 누구보다 추앙받는 사람이 되었다.

버러지는 버러지로 남아야 하는데 기어올라 와서 스타로 모두의 사랑을 받는다.

그에 비해 자신은?

수년간의 의대 생활 그리고 인턴 생활.

그 기나긴 시간 끝에 그는 돈을 잘 버는 성형외과 의사가 되고 싶었다.

하지만 실력이 부족해서, 성적 때문에 떨어졌다.

1지망인 성형외과는 탈락.

2지망인 내과도 탈락.

물론 외과나 응급의학과는 언제나 사람이 부족해서 지원

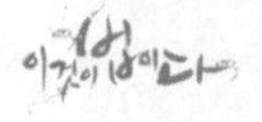

하면 바로 붙을 수 있었다.

그러나 그곳은 사명감이 없으면 버틸 수가 없는 곳이었다.

낮은 의료 수가, 그리고 위험한 수술과 비상시에 열몇 시간씩 계속되는 수술.

그는 그렇게 힘들게 일하기 싫었다.

그래서 결국 안과를 선택했다.

하지만 안과는 크게 돈이 되지 않았다.

다른 사람들보다 더 많이 버는 건 사실이지만 자신이 원했던 다른 전공에 비하면 말 그대로 조족지혈에 불과했다.

그런데 레일은 바닥에서 노래 하나 가지고 올라와서 떵떵거리고 잘살았다.

미웠다.

바닥에 있어야 하는 놈이 자신을 꺾었다는 생각에 버틸 수가 없었다.

그래서 욕하고 욕했다.

한데 그게 이제 그를 코너로 몰아붙이고 있었다.

그래서 그는 악착같이 레일을 욕했다.

어차피 바닥이니까. 더 이상 떨어질 곳도 없으니까.

그러나 그는 몰랐다.

땅바닥 아래에는 지하실이 있고, 그 아래에는 지옥이 있다는 사실을.

"제 버릇 개 못 주네."

조금만 조사하면 아이피 같은 건 다 나오는 시절이다.

당연히 나름 닉네임을 바꾸긴 했지만 아이피를 바꾸지는 못한 덕분에 박비광은 금방 드러났다.

"아주 악착같은데?"

"반성이라고는 없는 거겠지."

노형진은 고개를 절레절레 흔들며 말했다.

하긴 반성했다면 이런 짓은 안 했을 것이다.

"어쩔 거야? 그대로 고소?"

"먹잇감으로 던져 주는 걸로 하자."

사실 그런 먹잇감 전략은 노형진도 실제로는 쓰고 싶지 않았다.

악플로 인해 사람의 인생이 망가지는 걸 봐 왔다.

극단적인 상황만 아니라면 그런 행동은 하고 싶지 않은 게 사람 마음이다.

"하지만 극단적인 상황 같아 보이는데."

수십 개 사이트를 돌아다니면서 레일에 대해 온갖 음해성 험담을 하고 있는 박비광이었다.

사실 하나만 집요하게 파고들어도 그 의혹이 뜰까 말까 하다.

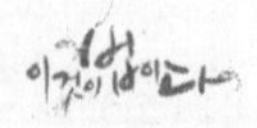

그래서 일진 출신이나 과거 범죄자 출신 연예인들이 뻔뻔하게 활동하는 거다.

피해자들이 인터넷에 글을 올려도 그게 이슈화되는 경우는 드무니까.

"그런데 이런 식으로 사방에 헛소리하면 그걸 누가 믿냐고."

사기에 강간에 폭행에 살인에 강도에 납치에 인신매매까지. 누가 보면 이건 그냥 인생을 범죄자로 살아온 사람이다.

그런데 이런 인간이라면 아무리 든든한 백이 있다고 해도 감출 수가 없는 수준이다.

더군다나 레일의 경우는 어머니와 어렵게 살아온 게 다 알려진 상황.

백은커녕 가난하다고 정부에서 지원금을 받으면서 극빈층으로 살아온 사람이다.

그런 사람이 이렇게 어마어마한 범죄들을 은닉한다는 게 말이나 된단 말인가?

"정신 못 차린다더니 진짜 그러네."

"그렇지?"

노형진은 입맛을 다시며 한숨을 쉬었다.

"결국 최악의 선택을 한 건 스스로니까. 그리고 그 죄악이 스스로를 잡아먹을 거야."

노형진은 서류를 정리하며 말했다.

"먹잇감이 되고 싶다면 먹잇감으로 던져 주는 수밖에."

⚖

다음 날, 어디서 샌 건지 인터넷에 박비광의 정보가 샜다.

박비광, 안과 의사라는 직업, 병원 이름과 위치까지.

그 모든 게 갑자기 인터넷에 퍼졌다.

물론 알음알음 알 사람은 다 안다. 이미 방영된 영상에서, 병원으로 향하는 길목에서 보이는 주변의 모습부터 병원 내부의 디자인까지 모두 보였으니까.

하지만 딱히 그걸 언급하는 사람은 없었다.

그런데·그게 언급하기 시작하면서 상황은 바뀌었다.

—저 병원 나 앎. 당중동에 있는 예쁜눈안과임.

—맞음. 예쁜눈안과.

—와, 저기 달에 억 단위로 번다고 소문이 자자한 병원인데 악플러였어?

—내가 아는 사람인데 딸만 두 명 있음. 딸자식 있는 놈이 뭔 짓이래?

그렇게 단편적으로 퍼지고 퍼진 정보가 뭉쳐져 한 사람의 개인 정보가 완성되었다.

그리고 그에게 악플이 달리기 시작했다.

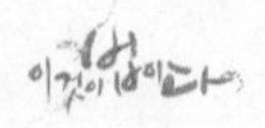

안 그래도 방송을 보면서 악플러들이 움찔하는 상황.

거기다가 한국엔터테인먼트조합과 하늘에서 계약을 맺고 악플러들에 대한 민사소송을 진행한다는 이야기를 언론에서 대대적으로 보도했다.

그리고 그 민사소송을 단순히 소송을 넘어서 채권 추심 전문 회사까지 끼고 하겠다고 언론을 통해 발표하자 안 그래도 찍소리 못 하던 악플러들이었다.

"역시 인터넷의 분위기는 박비광에게 불리하게 몰려가네."

조금씩 박비광을 욕하는 글이 올라오고 있었다.

사람들은 박비광이 한 범죄에 대해 분노하고 그에 대해 항의하기 위해 글을 올리고 있었다.

"그런데 이런다고 해서 악플러들이 이놈을 공격한다고?"

"박비광이 어떻게 행동하는지에 따라 달라지지."

"어떻게?"

"악플을 달던 놈들이 피해를 입으면 어떻게 할 것 같아?"

"응? 당연히 경찰에 고소하겠지."

경찰에 고소하고, 검찰에서는 기소유예가 나올 테고, 당연히 민사로 갈 것이 뻔하다.

"그래, 저런 놈들은 자기들이 패배자라는 걸 인정하기 싫을 테니까. 자기 혼자 자괴감에 빠져서 허우적거리는 거지만 말이지."

중요한 건 그가 뭘 하든 결국 마지막 선택은 소송이 될 거라는 거다.

"그리고 그때가 우리가 나설 때야, 후후후."

⚖

"이런 씨발……."

파리만 날리는 병원.

50평짜리 안과를 유지하는 데 들어가는 돈은 한두 푼이 아니다.

간호사만 여섯 명에 월급 의사가 한 명이 더 있다.

그리고 의료 장비 역시 대출까지 해서 빌려 쓰고 있는 상황.

그런 상황인데 악플이 달리기 시작하면서 모든 게 망가졌다.

손님은 하루에 열 명도 안 오고 주변에서는 그를 미친놈을 보는 시선으로 바라보고 있었다.

"저기…… 원장님."

"뭐야!"

짜증 난 박비광은 눈에 불을 켰다.

"따님이 오셨는데……."

"뭐? 지금?"

지금은 학교에서 공부해야 하는 시간이다.

그런데 왜 자신의 딸이 여기에 왔단 말인가?

"들어오라고 해요."

잠시 후 들어온 딸은 박비광을 보자 분노에 가득 차서 소리를 질렀다.

"아빠! 지금 이거 사실이야?"

"뭐가?"

"이거 말이야! 아빠가 레일을 욕하고 헛소리를 퍼트리고 다니는 거 사실이냐고!"

"아니야!"

"아니긴 뭐가 아냐! 내가 이미 〈루저의 본질〉을 찾아서 봤거든!"

그는 아차 싶었다.

딸이 그다지 인터넷 방송을 찾아보지 않아서 신경 안 쓰고 있었는데, 마음만 먹으면 어렵지 않게 찾아서 볼 수 있는 게 바로 인터넷 방송이다.

"지금 내가 학교에서 어떤 꼴인지 알아?"

딸로서는 억울해 미칠 것 같았다.

평소에 자신의 아빠가 잘나가는 안과 의사라면서 자랑하고 다녔는데 지금은 천하의 상병신 취급을 받고 있었다.

친하게 지내던 아이들도 거리를 두기 시작했고, 뒤에서는 쑤군덕거리며 자기 이야기를 하는 아이들이 넘쳐 난다.

"나 지금 아빠 때문에 은따당하고 있단 말이야!"

"그게 왜 내 잘못이야! 그건 레일 잘못이야!"

"뭔 개소리야! 아빠가 레일 본 적이나 있어?"

본심을 말하고는 아차 싶은 박비광.

"방송이라고는 본 적도 없으면서 왜 그러는 건데!"

"어른한테 왜 소리를 지르는 거야!"

"어른? 어르은? 이게 어른이 할 짓이야? 내가 아빠 때문에 창피해서 학교도 못 다니게 생겼다고!"

딸은 바락바락 소리를 지르더니 바로 몸을 돌렸다.

"가서 엄마한테 다 말할 거야."

"아…… 안 돼! 송화야! 송화야!"

하지만 그의 딸은 벌써 뛰쳐나가고 있었다.

그 뒷모습을 멍하니 바라보던 박비광은 분노가 치밀어 올랐다.

'이게 다 레일 때문이야.'

레일이 찾아오지만 않았으면 될 일이었다.

그냥 욕 좀 먹으면서 살면 될 일이었다.

그런데 고작 그것도 참지 못한 레일이 이런 짓을 벌였고, 그 때문에 자신의 인생이 망가지고 있었다.

그리고 인터넷에서 자신을 씹는 개새끼들.

그 개새끼들 때문에 자신의 인생이 망가지고 있었다.

"이 개새끼들, 다 죽여 버리겠어!"

그는 눈에 불을 켜고 핸드폰을 뒤지기 시작했다.

자신이 아는 변호사를 찾아서 소송을 맡길 생각이었다.

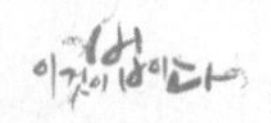

⚖

얼마 후 박비광은 변호사를 사서 집단으로 소송을 걸기 시작했다.

노형진이 예상한 대로였다.

현실적으로 검찰에서 처벌을 하지 않는다는 걸 안 이상 어떤 변호사든 같은 선택을 할 수밖에 없는 일이었다.

“좋아. 이 정도면 떡밥은 다 뿌려진 것 같고.”

“근데 이게 왜 떡밥이야?”

오광훈은 고개를 갸웃했다.

이쪽이나 저쪽이나 민사소송을 이용한다는 것은 같은 결과를 가지고 온다.

그런데 뭐가 다르단 말인가?

이쪽은 욕하지 않고 저쪽만 욕하는 이유가 뭐란 말인가?

“간단한 거지. 이쪽은 수익이 없지만 저쪽은 수익을 가지고 가거든.”

“그게 뭔 소리야?”

“생각해 봐. 내가 왜 변호사들에게 무조건 위탁 형태로 갔는데.”

변호사들이 알아서 소송하고 거기서 나오는 돈으로 수임료를 상계하는 방식.

그 방식은 피해자에게 돈이 안 간다.

설사 간다고 해도 아주 조금 간다.

"연예인들은 그거 없어도 먹고살거든."

악플이 떼거리로 달리는 정도의 연예인이라면 일정 수준 사회적 지명도가 있는 사람들이니 그 돈이 없어도 충분히 생활이 가능하다.

"하지만 박비광은 기본적으로 그게 안 되거든."

본인의 악플로 인해 심각한 타격을 입은 상태다.

사실 연예인들에게 악플은 기본적으로 연예인 본인의 정신적 문제에 타격을 주기는 하지만 특수한 경우가 아니라면 연예계 활동에까지 영향을 주지는 않는다.

왜냐하면 연예인들을 쓰는 광고주나 방송국은, 악플이 달려도 그게 어디까지나 일부의 반응임을 알고 있기에 여론을 뒤집을 수 있다고는 생각하지 않기 때문이다.

"하지만 안과는 아니지."

박비광이 악플을 달아서 문제를 만든 건 다 아는 사실이고, 그를 욕하는 사람들 때문에 치명적인 타격이 올 수밖에 없는 직업이다.

"본업에 타격이 오는 것과 안 오는 건 전혀 다른 문제야."

당연히 박비광은 돈을 받아서 그걸로 손해를 벌충하려고 할 것이다.

"우리가 공략할 부분은 바로 그 부분이야."

돈을 노린다는 것. 그게 사람들을 자극할 것이다.

"박비광은 끝이야."

⚖

-저희 새론은 범죄자들이 합의를 유도하고 갈취하는 무차별 고소에 대해 분노하며 그에 대한 보호 서비스를 제공하고자 합니다.

새론의 새로운 발표. 그건 악플러들에게 어마어마한 악몽이자 혜택이었다.

사람들이 집단소송에 대해 욕하는 방식은 언제나 하나였다.

돈독이 올랐다. 그런 식으로 피해자를 모독하고 자기들을 피해자로 표현해 왔다.

그러나 그게 자기들의 목을 조일 거라고는 생각을 못 했다.

'이건 연예인들하고는 전혀 다른 문제지.'

연예인들은 가해자가 아니라서 범죄 기록이 없다.

그 때문에 피해자일 뿐이고, 저들이 무슨 욕을 한다고 해도 결국 피해자의 포지션에서 벗어나지 않는다.

'하지만 박비광은 다르다.'

그는 이미 명예훼손으로 범죄가 인정되었고, 손해배상 청구 소송 중이며 그 이후에도 수차례 고소와 고발을 당했다.

한쪽은 선량한 피해자, 그리고 한쪽은 악질적인 범죄자.

그 두 존재가 있을 때 사람들이 욕하는 대상은 정해져 있었다.

—범죄자들이 일반인을 고소하여 수익을 벌어들이는 행위가 점점 심해지고 있습니다. 이로 인해 사회적으로 바른말을 하면 처벌받고, 범죄에 대해 침묵하면 이득을 받는 상황으로 치닫고 있습니다.

이건 이번 명예훼손의 문제만이 아니었다.

실제로 주로 알려진 범죄들, 특히 언론을 통해 알려진 범죄자들이 잘 써먹는 방법이었다.

언론이야 그걸 이야기해도 언론의자유라는 이름으로 보호되지만 개개인은 아니다.

그래서 그런 놈들이 자신을 욕하는 사람들을 찾아내어 그들에게 소송을 걸고 합의금을 받아 내는 방식으로 출소 후의 정착 자금을 벌어 두든가, 감옥에서 쓸 돈을 버는 식으로 활동하고 있는 게 사실이다.

—그러한 범죄를 저지르는 자가 선량한 피해자들을 고소함으로써 수익을 창출하고 피해자들에게 정신적 피해를 입히는 것에 대해 저희 새론에서는 그냥 두고 볼 수 없다고 생각했습니다. 이에 저희 새론에서는 범죄자들에게 명예훼손이나 기타 타당하지 않은 이유로 고소당한 사람들에 대한 구제를 시작합니다.

새론의 발표는 단순했다. 하지만 사람들은 환호했다.

피해자의 인권보다는 범죄자의 인권을 지켜 주는 시대.

살인마에게는 수십 명의 변호사와 인권 운동가가 달라붙어서 보호해 주지만 피해자는 오로지 혼자서 이겨 내야 하는 시대.

그 시대를 역행하는 발표였으니까.

-첫 번째 대상으로 명예훼손으로 고소중인 박 모 씨 사건에 대한 도움이 필요한 분들을 모집합니다. 현재 박 모 씨 사건은 고소한 사람만 3천 명이 넘습니다. 한 사람당 합의금이 300만 원임을 생각하면 거의 100억에 가까운 돈을 버는 것입니다. 그는 범죄를 저지른 후 그 반성조차 하지 않고 또다시 같은 범죄를 저지른 자입니다. 그런 범죄에 대한 사회적 응징이 내려질 때입니다.

그리고 그 발표에 맞추어서 박비광에 대한 악플이 미친 듯이 달리기 시작했다.

⚖

"완전 개싸움이네, 개싸움."

인터넷을 보던 오광훈이 피식 웃었다.

고소한다는 박비광 측과 고소하라는 악플러 측의 싸움.

그들은 서로를 물어뜯느라고 정신이 없었다.

"그 덕분에 연예인들에 대한 악플은 많이 사라졌다면서?"

"쫄려서 어디 하겠어?"

더군다나 박비광이 연예인 대상으로 악플을 달다가 저 꼴이 난 것은 소문난 상황.

"인생 조지고 싶지 않으면 안 하겠지."

그리고 양측은 만만한 먹잇감을 찾아서 물어뜯기 시작했다.

말 그대로 자기들끼리의 아귀다툼.

"참 웃기지 않아, 자기들이 욕할 때는 무시하더니 자기들이 당하니까 법률의 보호를 요청한다는 게?"

"그게 인간이야."

노형진은 바보가 아니다.

모든 악플러들을 보호해 줄 생각은 없다.

보호의 대상은 기존의 악플 기록이 없는, 순수하게 범죄에 분노한 사람들뿐이다.

기존에 악플을 달면서 피해자를 양산했던 자들은 보호해 주지 않을 것이다.

"그리고 그걸 말해 주지 않은 건 범죄가 아니거든."

거짓말한 게 아니다. 다만 말을 하지 않았을 뿐.

그걸 말할 의무는 없으니까.

"그들은 서로 아귀다툼을 할 테고……."

그렇게 그들은 지옥으로 가라앉을 것이다.

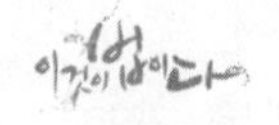

"너 참 무섭다니까."

오광훈은 피식 웃었다.

"정리할 건 정리해야지."

그리고 그게 세상을 앞으로 나아가게 하는 힘이 될 것이다.

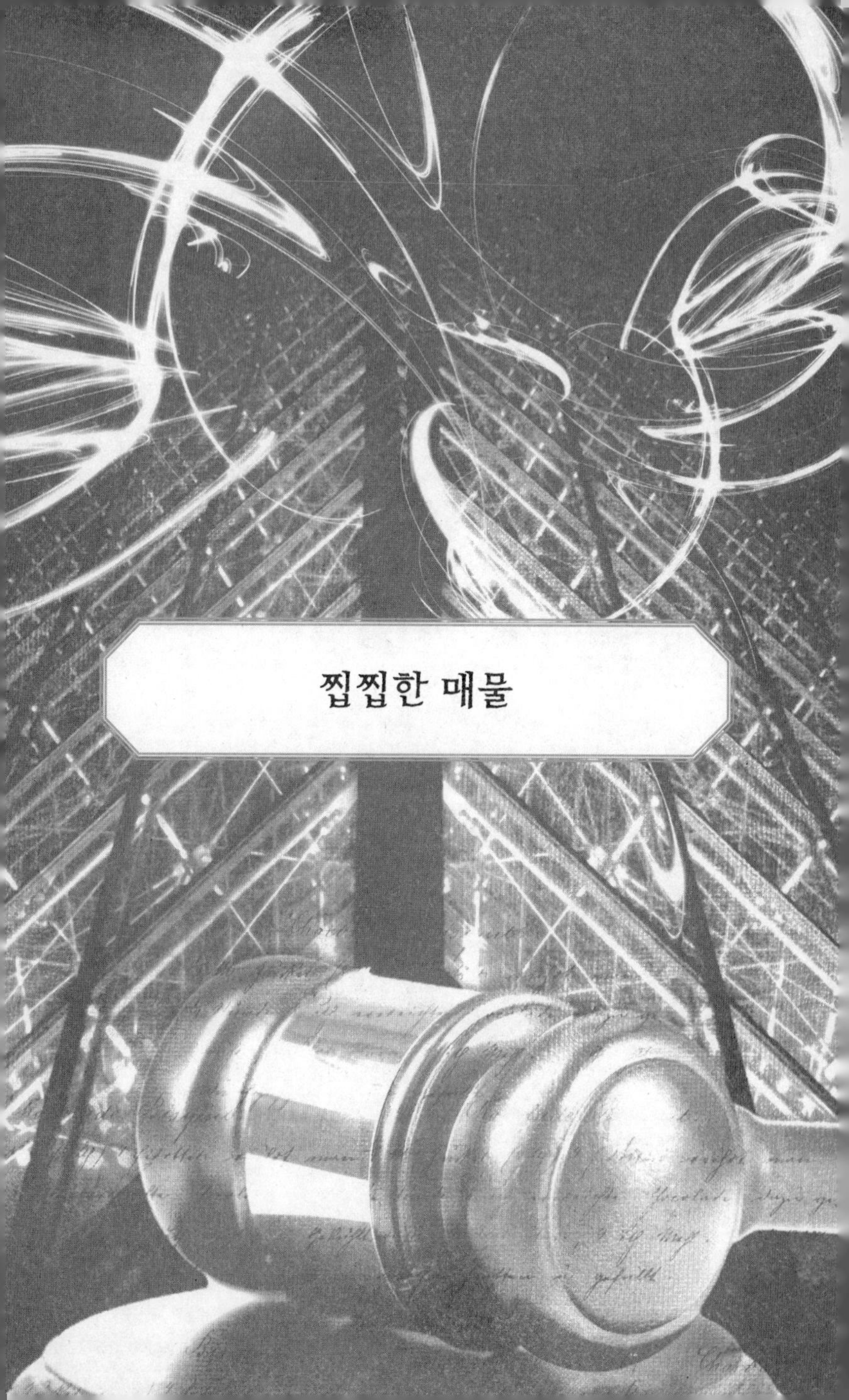
찝찝한 매물

"중고차면 되는 거야?"

"오빠, 나도 양심이 있지 어떻게 새 차를 받아?"

"그다지 별 차이도 없는데."

서세영.

오래전 우연한 사건으로 노형진 일가와 함께 살게 된 여자 아이.

그 아이는 노형진 일가에서 한 명의 가족으로 귀여운 막내딸 취급을 받았다.

더군다나 노형진에게는 하나뿐인 막냇동생이나 마찬가지였다.

그 때문에 언제나 애지중지하는 아이였다.

당연히 차 한 대 사 주는 것은 어려운 일도 아니었다.

"나 면허 딴 지 이제 일주일 된 거거든?"

서세영은 어느 사이엔가 성장해 성인이 되었고, 얼마 전에는 면허까지 취득했다.

그리고 노형진은 그런 서세영에게 차를 사 주겠노라 나섰다.

그녀는 로스쿨에 가겠다고 마음을 굳혔는데, 아무래도 로스쿨에 가게 되면 수업을 받기 위해서는 어쩔 수 없이 차가 필요했다.

지금 살고 있는 집과 목표로 하는 대학과는 거리가 있었으니까.

아예 방을 따로 구하기는 애매하고, 그렇다고 대중교통을 타고 다니기에는 거리가 좀 있었다.

"그래도 좋은 차로 사지?"

"오빠가 좋은 차 덕분에 목숨을 구한 건 알지. 그런데 솔직히 아무리 로스쿨이라지만 오빠 머릿속에 있는 차를 끌고 가면 교수님들이 참 좋아하겠다. 그지?"

노형진은 입맛을 다셨다.

하긴 자신의 기준에 맞는 차라고 하면 결국 세계 최고 클래스의 스포츠카 아니면 명품 차, 최소한 수입 차니까.

"하다못해 보르라도. 어떻게 안 될까?"

보르는 안전에 관해서는 광적인 집착을 한다는 회사다.

노형진은 습격으로 죽을 뻔했다가 차가 좋아서 살아남은

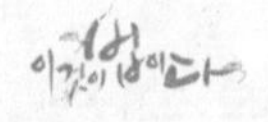

적이 있기 때문에 차는 무조건 안전이 최고라고 생각하는 사람이었다.

"그것도 충분히 비싸거든요. 그리고 나 면허 딴 지 일주일이야. 주변에서 다 이야기 들어 보면 첫차는 무조건 중고 사래."

"중고……. 그래, 중고……. 그건 그렇지."

어떻게 보면 그건 당연한 거다.

돈이 문제가 아니라 면허를 딴 지 얼마 되지 않았다면 당연히 운전이 익숙하지 않다.

요리로 비유하자면 운전면허는 그냥 자격증 같은 거다. '이런 걸 할 수 있습니다.'라는 뜻의.

그러나 한식 자격증이 있다고 해서 바로 한식당에서 메인 요리사가 될 수는 없다. 실전과 시험은 전혀 다르기 때문이다.

"수억짜리 차를 내가 긁고 다니면 좋겠어? 아니면 내가 그걸로 도로가 마치 홍해처럼 갈라지는 걸 보고 다니면 좋겠어?"

"어? 그건 좋을지도."

"아, 진짜!"

노형진의 팔을 마구 때리는 서세영.

"그냥 중고 산다고. 중형."

"대형으로 사, 그러면."

"내 나이를 생각하라고! 뭔 노친네야? 그리고 나도 결국 배워야 하는데 그걸 생각하면 당연히 중고 아냐?"

결국 어쩔 수 없이 중고 시장으로 간 노형진.

그리고 그곳에서 적당한 차를 추천받을 수 있었다.

다른 사람들은 중고차 시장에서 눈퉁이를 맞는다 어쩐다 하지만 사실상 대룡중고자동차가 생긴 후에 그런 건 많이 줄어들었고, 다른 사람도 아닌 변호사가 명함을 내미는데 거기다 대고 장난칠 간 큰 중고차 딜러도 없었다.

"여자 혼자서 타고 다니기에는 이게 제일입니다. 로망스."

여성적인 이름에서부터 티가 나듯이 로망스는 여성 운전자를 노리고 만들어진 국산 차량이었다.

"일단 시기 자체가 아주 좋습니다. 두한자동차가 대룡으로 넘어가고 나서 생산된 연식이거든요. 아시다시피 그때 대룡에서 차에 엄청 신경 쓰지 않았습니까?"

"그건 잘 알지요."

"그렇지요?"

'모를 수가 있나?'

두한의 손에서 대룡으로 자동차 회사를 넘긴 게 바로 노형진이니까.

실제로 차량 회사가 대룡으로 넘어간 후에, 대룡은 방사능 철을 쓰던 두한철강과 거래를 끊고 차에 어마어마하게 많이 신경을 썼다.

망가진 두한자동차의 이미지를 바꾸기 위해서였다.

"그 당시에 두한자동차에서 원가절감을 목적으로 뺀 안전장치를 다시 다 끼워 넣었거든요. 심지어 몇 가지는 추가하기

도 했고요. 그 때문에 다소 연비가 떨어지기는 했습니다만."

무게가 늘어나면 그건 어쩔 수 없는 일.

"하지만 오라버님께서 원하시는 게 안전한 국산 차라면 이 로망스가 최고죠. 연식도 그렇고요."

딜러의 말에 노형진은 고개를 끄덕거렸다.

대룡과 일하는 자신이 가장 잘 안다.

하지만 그래도 여전히 이해가 가지 않는 게 있었다.

"그런데 이거 얼마 되지 않은 거 아닌가요?"

일반적으로 중고차는 3년 된 물건이 많다.

그런데 아직 대룡자동차가 된 지 3년이 되지 않았다.

실제로 이 차도 연식으로 본다면 고작 1년이 막 지났을 뿐이다.

"그건 그렇습니다만, 그렇다고 해서 저희가 파는 분에게 왜 파는지 다 물을 수는 없으니까요."

"하긴."

차를 살 때는 경기가 좋았는데 갑자기 자금 압박이 있었을 수도 있고, 진짜 차를 액세서리처럼 생각해서 1년이 멀다 하다고 바꿔 대는 사람도 있다.

그리고 '차량깡'이라고 해서 차를 사고 그걸 중고로 바로 팔아서 현금을 확보하는 사람들도 종종 있다.

"아시지 않습니까? 저희가 그걸로 장난을 칠 것도 아니고."

"그건 그러네요."

다른 사람도 아니고 변호사에게 장난을 칠 간 큰 사람은 없을 테니까.

"그러면 이걸로 하지요."

노형진은 고개를 끄덕거렸다.

그러나 미래에 이 차가 어떤 사건을 불러올지, 이때의 노형진은 전혀 알지 못했다.

⚖

-오빠.

"응? 이 시간에 어쩐 일이야?"

노형진은 전화를 받고 힐끔 시계를 확인했다.

늦은 시간. 이 시간에 서세영이 전화하는 경우는 드물었다.

노형진과 같이 살지는 않지만 노형진은 야근이 많은 관계로 이 시간에는 보통 일을 하고 있다는 걸 알고 있기 때문이다.

-나 지금 대진항이거든.

"대진항?"

-나 친구들하고 놀러 온다고 그랬잖아.

"아, 그랬지."

확실히 그런 이야기를 하기는 했다.

더군다나 차를 가진 사람이 서세영뿐이었기에 노형진은 당연히 그녀가 운전할 거라는 걸 알고 있었다.

-그런데 차가 퍼졌어.

"차가 퍼져? 산 지 몇 달이나 됐다고? 연식이 오래된 것도 아닌데."

-아니, 고장이 아니라 타이어 펑크야.

"끄응."

그런 거라면 어쩔 수 없다.

길바닥에 못이 떨어져 있는 경우가 종종 있기는 하니까.

"그러면 바로 보험사 불러. 타이어 교체하고. 내가 가 줘?"

-오빠, 나도 그래도 변호사 지망자야. 그 정도는 알지. 이미 불렀어.

"그러면 난 안 가도 되는 거야?"

노형진은 시계를 힐끔 보며 말했다.

가능하면 오늘 중으로 마무리하고 싶은 일이 많았으니까.

하지만 그런 노형진의 희망은 여지없이 깨져 나갔다.

-아니, 오기는 해야 할 것 같은데.

"뭐? 왜? 보험사 불렀다면서?"

그렇다면 자신이 간다고 해도 해 줄 건 없다.

보험사에서 근처 정비소로 차를 끌고 갈 테고, 타이어만 교체하면 바로 움직일 수 있을 테니까.

-그건 그런데 내가 삼각대를 세우려고 차를 뒤졌거든.

"삼각대? 아, 그렇지. 타이어가 펑크 났다면 그래야지."

-그런데 이 차 트렁크에 피가 고인 적이 있는 것 같아.

노형진은 멈칫했다. 순간 그 말이 이해가 가지 않았으니까.

"그게 무슨 소리야?"

-그 있잖아, 트렁크 하단부에 그런 거 넣어 두는 공간.

"응."

회사나 차량마다 다르지만 모든 차량은 의무적으로 삼각대를 차량에 비치해서 판매해야 한다.

다만 그걸 어디다 두느냐는 회사의 규정에 따라 달라진다.

로망스 같은 경우는 트렁크의 깔개 아래에 공간을 따로 만들어서 보관한다.

요즘은 보험사 출동 시스템이 잘되어 있어서 한국 내수시장용이라면 그것만으로도 충분해서 스페어타이어는 안 두는 게 보통이니까.

당연히 그 자리에는 삼각대를 비롯해서 일부 긴급 장비들이 실려 있다.

"거기에 핏자국이 있다고?"

그런데 그런 곳에 피가 왜 들어간단 말인가?

사실 사람들이 거기를 열어 볼 일은 거의 없다.

고장이 나거나 사고가 나면 거기를 열고 삼각대를 꺼내서 뒤의 차량에 경고해 주는 게 정상이기는 하지만, 대부분 그런 규칙을 지키지 않으니까.

그래서 일부 운전자들은 그런 게 있다는 것도 모른다.

-일단 거기를 열고 물품을 꺼내려고 보는데 피가 조금 묻

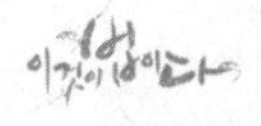

어 있더라고.

"거기에 피가 왜……?"

-그러니까 이상한 거야. 여기에 피가 묻을 이유가 어디 있어?

"없지. 전혀 없지."

노형진은 눈을 찌푸리면서 말했다.

거기에 피가 묻을 가능성은 일반적으로는 제로라고 보면 된다.

일반적인 경우라면 말이다.

"후우."

긴 한숨을 쉬는 노형진.

나은 일거리는 이제 조금 미루는 수밖에 없었다.

"일단 내가 갈 테니까 기다려."

노형진은 눈을 찡그리면서 바로 자리에서 일어났다.

⚖

"친구들은?"

"모른 척하고 숙소에서 자라고 했어."

"잘했다."

차에서 무슨 일이 벌어졌는지는 모르지만 피가 묻어 있었다는 것을 생각하면 찝찝할 수밖에 없다.

당연히 그런 걸 말해 봐야 다시는 안 탄다는 소리밖에 안 나온다.

물론 노형진이 그들에게 이걸 타라고 할 생각은 없지만.

"일단 네가 발견한 것부터 보자."

노형진의 말에 트렁크를 열어 주는 서세영.

노형진은 일단 그 안에 있는 깔개를 살폈다.

"뭐 해? 피를 발견한 건 거기가 아니라니까."

"아니…… 잠깐만. 확인할 게 있어서 그래."

깔개를 이리저리 살피던 노형진은 고개를 끄덕거렸다.

"미묘해."

"뭐가 미묘해?"

"여기 깔개 색 말이야. 자세하게 봐 봐. 주변과 살짝 다르지 않아?"

"으음?"

다시 한번 꼼꼼하게 살펴보는 서세영.

그리고 알 것 같다는 듯 고개를 끄덕거렸다.

"확실히 미묘하게 다르네. 위에서 봤을 때는 똑같은데."

하지만 깔개에 얼굴을 바짝 대고 옆에서 살펴보면 색이 조금 다르다.

"왜 이러지?"

"아무래도 표백제를 쓴 것 같은데."

"표백제를 썼다고 이렇게 색이 바뀐다고? 그럴 리가. 우리가 매일 빨래할 때 쓰는 게 표백제인데."
노형진은 고개를 흔들었다.
"그건 산소계고."
"응? 그게 무슨 소리야?"
"표백제에는 두 종류가 있어. 산소계와 염소계."
산소계 표백제는 표백 능력이 떨어진다.
하지만 그만큼 옷감이나 대상의 보호가 쉽다.
어차피 옷에 묻는 때 같은 건 그것만으로도 충분하기에 보통 빨래할 때 쓰이는 건 산소계 표백제다.
"염소계 표백제는 효과는 좋지만 아무래도 대상을 손상시키는 부분이 있거든. 그렇기 때문에 사람들이 잘 안 써."
"염소계 표백제?"
"락스 말이야, 락스."
"아아!"
찌든 때가 심할 경우는 분명 락스를 물에 타서 때를 빼내기는 한다.
그만큼 염소계 표백제의 효과는 확실하다.
"그런데 그걸 여기에 부었다고? 왜?"
"그러니까 문제인 거야. 트렁크라는 공간은 어찌 되었건 막 쓰는 공간이거든."
짐을 실어서 옮기는 공간이지 사람이 타는 공간은 아니다.
그 때문에 대부분은 딱히 청소를 하지 않는다.

"청소를 한다고 해도 실내 세차를 할 때 스팀 청소 정도로만 끝내지."

이 안에 염소계 표백제를 쓸 일은 거의 없다.

"보통 염소계 표백제를 쓸 일은……."

노형진은 턱을 문질렀다. 그리고 조심스럽게 입을 열었다.

"대량의 피를 청소할 때 많이 쓰지."

"히에에엑!"

서세영은 움찔하면서 차에서 뒤로 물러났다.

"대량의 피라고?"

"그래, 보통 피를 청소할 때 써. 그만큼 강력하거든."

"아니, 왜?"

"생각해 봐. 옷에 묻은 때라는 것은 인간의 단백질과 함께 먼지가 뭉치는 걸 말해. 당연히 그걸 제거하기 위해서는 그 단백질을 없애는 게 최고지. 그러면 피는 뭐?"

"단백질……."

소름이 돋는다는 표정으로 말하는 서세영.

그녀는 자신의 차를 진짜 찝찝하다는 표정으로 바라보았다.

"오빠는 그걸 어떻게 안 거야?"

"청소 업자한테 들었어."

"청소 업자?"

"살인 현장을 그냥 영원히 둘 수는 없잖아."

"아……."

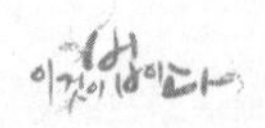

그런 곳을 전문적으로 청소하는 업자들이 있다.

특히 집 안에서나 가게 안에서 살인 사건이 나는 경우 어마어마한 피가 사방에 튀는데, 그 얼룩을 없애는 것은 쉽지 않은 일이다.

세탁을 해 본 사람은 알겠지만 핏자국은 없애는 게 무척이나 힘든 얼룩 중 하나다.

"깔개를 열어 보자."

노형진은 깔개를 열고 그 아래를 살폈다.

정확하게는 깔개의 뒤쪽을 살폈다.

"역시 그러네."

깔개의 뒤쪽으로 그려진 얼룩. 그건 아무리 염소계 표백제를 쓴다고 해도 사라지지 않는 얼룩이다.

정확하게는 깔개를 통째로 들어내서 바꿔야 사라진다.

"고여 있던 흔적이 있었지?"

아래에서 보니 둥그렇게 보이는 찝찝한 흔적.

"그리고 구조로 보면 피가 새어 나오면 이 차량에서…… 여기로 흘러넘치게 되어 있어."

비상용 장비들을 두는 칸. 그 칸으로 흘러넘치는 무언가.

"하지만 그때도 열어 봤지만 이런 건 못 봤잖아."

"그때 깔개 아래를 본 건 아니잖아."

차를 살 때 중요한 건 차의 성능이지 깔개가 아니다.

당연히 그때도 깔개 위쪽만 살폈다.

물론 장비들을 확인하기도 했지만 그 장비들 내부를 확인한 것은 아니다.

“특히 삼각대 같은 건.”

네모난 플라스틱 상자 안에 들어 있는 삼각대는 특수한 경우가 아니면 쓸 일이 없기 때문에 당연히 확인하지 않았고 말이다.

“삼각대 케이스 좀 보자.”

“여기.”

노형진은 서세영이 준 케이스를 당겨서 열었다.

그러자 그 안에 퍼진 형태로 굳어 있는 붉은 피가 보였다.

“위에서 흘러넘친 피가 아래로 내려와서 케이스 사이로 스며든 것 같네.”

그런데 청소한 사람은 미처 거기까지 생각하지 못하고 그냥 넘어갔던 것.

“설마…….”

“이런 흔적을 봐서는 아마도…… 사람을 죽여서 트렁크에 태운 게 아닐까 싶다. 출혈의 양을 봐서는…… 살아 있을 가능성이 없어 보여.”

서세영의 얼굴이 창백해졌다.

“그걸 알면서 차를 팔았다고?”

“아마도…… 그런 것 같은데. 외견적으로는 무사고니까.”

“이런 미친 새끼!”

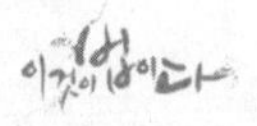

서세영의 눈이 있는 대로 커졌다.

노형진도 어이가 없었다.

"변호사를 얼마나 물로 보면 이런 뻔뻔한 짓거리를 하는 거지?"

살인 사건이 벌어진 차라고 하면 어떤 미친놈이 그걸 사서 타고 다니겠는가?

"오빠, 이거 어떻게 해?"

"일단 친구들하고는 렌터카 빌려서 여행하고, 돌아갈 때는 택시 하나 대절해서 타고 올라가. 내가 준 카드 있지? 그걸로 써."

"차는?"

"당연히 견인차를 불러서 중고차 시장으로 가야지."

노형진은 이를 빠드득 갈면서 말했다.

"세상 참 만만하게 보이는 모양인데, 실제로는 그렇지 않다는 걸 알려 줘야지."

⚖

노형진은 당장 차를 끌고 서울로 향했다.

그리고 딜러를 보자마자 그의 멱살을 잡을 뻔했다.

"어쩐 일로 오셨어요? 차 한 대 더 사시려고요?"

"차를 한 대 더 사겠냐고요? 당신 말입니다. 제가 드린 변호사 명함이 참 만만해 보였나 봅니다.”

“네?”

“아니, 그렇지 않습니까? 그런 차를 팔아 놓고 어떻게 뻔뻔하게 한 대 더 팔 생각을 하십니까?”

노형진이 분노에 차서 낮은 목소리로 말하자 딜러는 뭔가 잘못되었다는 것을 알아차렸다.

“고객님, 오해가 있었던 것 같은데…….”

“오해요? 뭔 놈의 오해요? 차에서 살인 사건이 있었던 것 같은데 그걸 팔아먹어요?”

노형진은 그걸 들으라고 크게 외쳤다.

그러자 모두의 시선이 이쪽을 향했다.

“아니, 그게 무슨 말씀이십니까? 살인 사건이라니요?”

“내가 변호사라고 하니까 무슨 그냥 서류나 끄적거리는 그런 변호사라고 생각한 모양인데, 거기에 보니까 살인으로 의심되는 정황이 가득하더만. 피까지 나오고.”

“네에?”

“당신 말이야, 살인 사건이 있었던 차를 그냥 팔아? 내가 그냥 넘어갈 것 같아?”

좋게 말하고 싶지도 않았다.

피해자도 아니고, 자신을 속인 사람에게 좋게 이야기해서 무슨 의미가 있단 말인가?

하지만 상대방은 그렇게 생각하지 않는 모양이었다.

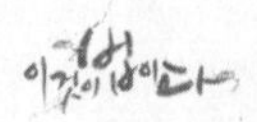

"자…… 잠깐만요, 변호사님! 잠깐만요! 저는 진짜 모릅니다! 진짜 모른다고요!"

"진짜 모르는 소리 하고 자빠졌네. 너 그거 청소했지? 그리고 팔아먹었잖아!"

"아니, 진짜입니다. 저는 진짜 아무것도 모릅니다. 그냥 가지고 와서 그대로 전시한 차란 말입니다."

노형진은 눈을 찌푸렸다.

"그 말이 정말입니까?"

"진짜입니다."

자기는 아무것도 모른다고 단호하게 대답하는 딜러. 그런 그의 눈에는 당혹감이 가득했다.

'이거 진짜 모르는 것 같은데? 어, 이러면 이야기가 달라지는데?'

노형진은 살인 사건이 난 차를 딜러가 속여 무사고 차로 판 줄 알았다.

그런데 진짜로 모르고 가지고 온 거라면?

'그러고 보니 이쪽에서 청소했다는 증거는 없잖아.'

그리고 거기까지 생각이 미치자 떠오르는 한 가지 가능성.

노형진은 그 부분을 가지고 딜러를 흔들어 봤다.

"당신이 만일 살인 사건의 흔적을 보고도 감추고 차를 판 거라면 당신은 살인의 종범이 될 수도 있습니다."

그러자 딜러는 기겁했다.

"종범이라니요? 살인이라니요? 저는 아닙니다! 진짜 아니에요! 제가 가지고 왔을 때는 진짜 멀쩡했다고요!"

물론 그 멀쩡하다는 것은 그의 기준일 것이다.

전문가가 아니라면 그 흔적 같은 걸 확인하는 게 쉬운 일은 아니니까.

"그러면 이 사건, 경찰에 확인해도 되는 거지요?"

"당연하지요. 당연합니다. 차도 환불해 드리겠습니다."

벌벌 떠는 딜러를 보면서 노형진은 정말로 그가 아무것도 모른다는 생각이 들기 시작했다.

"차량 번호 30 지 ○○○○번 맞지?"

"맞아."

"확인해 봤어. 관련 사건 없음."

노형진은 바로 오광훈에게 물었고, 오광훈은 차량 번호를 검색해서 사건 관련 여부를 확인했다.

"동생에게 사 준 차라면서? 왜 그래?"

"아니, 살인 사건에 그 차량이 이용된 것 같아서 말이지."

"뭐?"

오광훈이 이해가 안 간다는 눈빛을 하자 노형진은 그에게 자신이 발견한 걸 설명했다.

오광훈은 바로 상황을 알아차렸다.

"그러면 어떻게 되는 거야? 그 뭐냐, 살인 사건이 해결이 안 되었다 뭐 그런 건가?"

"정확하게는 살인 사건 자체가 신고되지 않았다는 게 맞겠지."

"뭐 다른 거 아냐? 얼룩이 꼭 피 때문에 생겼으리라는 법은 없잖아."

"그건 그런데……."

확실히 표백제를 써서 지운 얼룩은 피 때문에 생긴 게 아닐지도 모른다. 하지만 어쨌거나 그 안에서 피가 나왔다는 것 자체가 영 꺼림칙할 수밖에 없다.

"혹시 모르니까 유전자 검사를 좀 해 줄 수 있을까?"

"그건 어려운 일은 아닌데."

실종자들 중 일부는 유전자 등록을 하기도 한다.

물론 당사자가 아니라 가족들이.

그러나 그런 경우는 드문 것도 사실이다.

"차라리 차량 주인을 추적하는 게 나을 것 같은데."

"안 그래도 그럴 생각이다. 영장을 치면 그쪽에서 뭔가 알아차릴지도 모르니까 몰래 쳐야 하는데, 그 주변에 실종자가 없다고 하면 뭐……."

노형진은 눈을 찌푸리며 말했다.

"사건이 어떻게 흘러갈지 모르겠네."

⚖

차량의 전 주인은 홍혜인이라는 여자였다.

애초에 로망스가 여성들에게 인기가 많은 차량이라는 건 알고 있었기에 그게 딱히 이상한 것은 아니었다.

"오빠, 진짜 이 사람이 범인일까?"

"넌 왜 따라오니?"

"아니, 방학이잖아, 방학. 나도 사건에 끼어들어 보고 싶어서 그러지."

눈을 반짝이는 서세영.

로스쿨을 노리는 그녀로서는 이런 게 무척이나 신기하고 하고 싶은 일이었다.

더군다나 이번에는 당사자니까.

"나도 경험 삼아 좀 어떻게 안 될까?"

"내 참, 어이가 없어서."

노형진은 서세영의 말에 고개를 절레절레 흔들었다.

하지만 그렇다고 해서 그녀를 무시하는 것은 아니었다.

"현실적으로 보면 그녀가 범인일 가능성이 크기는 한데 또 애매하기도 하고."

"어째서?"

"홍혜인이라는 여자는 혼자 살잖아. 그런데 혼자서 사람을 어떻게 트렁크에 실어?"

"그게 힘들어?"

"네가 몰라서 그렇지, 시체를 트렁크에 혼자 싣는 건 쉬운 일이 아니다."

축 늘어진 시체는 웬만큼 건장한 남자도 쩔쩔맬 수밖에 없을 정도로 무겁다.

"그래?"

"그래. 그런데 이 홍혜인이라는 여자는 보니까 스튜어디스란 말이지."

혼자 살고 있는 잘나가는 스튜어디스.

"그러면 보통은 어떻게 되는데?"

"그게 문제인데."

노형진은 머리를 긁적거렸다.

다짜고짜 찾아가서 당신이 범인이냐고 물을 수는 없는 노릇.

"보통 이런 경우는 도와주는 사람이 있기 마련인데……."

"도와주는 사람? 남자?"

"보통은 남자이기는 해."

노형진은 고민하면서 턱을 문질렀다.

"하지만 반대일 수도 있지. 남자가 주범이고 홍혜인이 도와준 걸 수도 있어."

"응? 그건 또 무슨 소리야?"

고개를 갸웃하는 서세영.

자동차 주인이 아니라 범인이 또 따로 있다고?

"정확하게는 홍혜인이 종범일 가능성이 높아 보여."

"종범?"

"그래. 사람을 칼로 찔러 죽이는 건 일반적으로 여성들이 선호하는 방식은 아니거든."

보통 여자들은 피가 튀고 잔인한 광경이 연출되는 걸 원하지 않는다.

"설사 그렇게 사람을 죽인다고 해도, 그러면 비행을 못 하지."

"그게 무슨 소리야?"

"이미 홍혜인의 비행 스케줄을 확인해 봤다. 그런데 구멍 난 기록이 없더라고."

"응? 다 출근했다고?"

"그래. 만일 살인이 일어날 정도로 누군가와 격하게 치고받고 싸웠다면 쌍방 모두에게 상처가 남지 않겠어?"

일반적인 직장도 아니고, 스튜어디스는 외모를 아주 중요하게 따지는 직업이다.

멍은 물론 얼굴에 딱지만 앉아도 대체 인력이 투입된다.

"그리고 어떤 타입인지는 모르지만 일단 살인을 저질렀다면 느긋하게 비행이 가능하겠어?"

"그런가?"

"사람을 직접 죽이고 느긋하게 비행할 수 있는 사람은 많지 않지."

스튜어디스의 경우는 생각보다 일이 힘들다.

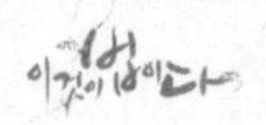

사람들은 스튜어디스라고 하면 비행기를 타고 여행을 다니면서 느긋하게 세계를 관광할 수 있을 거라 생각하지만 회사라는 공간이 그렇게 쉽게 굴러갈 리가 없다.

한국에서 미국에 가면 하루 쉬고 미국에서 한국으로 오는 비행기를 타고 돌아와야 한다.

당연히 오가며 쉬는 게 아니라 일해야 한다.

물론 근무시간 자체는 짧아 보일 수도 있다.

그러나 시차라는 게 문제다.

해외여행을 가면 알겠지만, 시차에 적응하지 못해서 밤을 새우거나 한낮에 축 늘어져 있는 경우가 종종 있다.

스튜어디스는 그렇게 계속 근무해야 하기 때문에 시차로 인한 피로감이 어마어마하다.

"그런 힘든 비행 스케줄에 사람 상대하는 일이 스튜어디스인데, 사람을 죽이고도 웃으면서 하기는 힘들지. 더군다나 홍혜인은 담당 클래스가 비즈니스급 이상이야. 보통은 퍼스트를 담당하더라."

"퍼스트?"

"그래."

아무래도 담당하는 숫자의 양이 다른 만큼 피로도 역시 다르다.

이코노미는 스튜어디스 한 명이 수십 명을 담당하지만 비즈니스는 한 명당 많아 봐야 열 명 미만이다.

퍼스트 같은 경우는 타는 사람이 별로 없기 때문에 승객보다 직원이 더 많은 경우도 있다.

"상황에 따라 달라지지만 퍼스트나 비즈니스를 담당하는 직원이면 회사 내에서도 상급 직원이거든."

노형진은 그렇게 말하면서 눈을 찌푸렸다.

"그런 사람이 살인을 했다는 건 아무래도 좀 이상하기는 하지."

"으음, 그런가?"

"그리고 시체를 이렇게 처리한 걸 보면 사건 이후에도 차분하게 정리한 거거든. 어쩌면 계획범죄일지도 모르고. 그런데 말했다시피 보통 여자라면 이런 식으로 살인을 하지 않아."

여자들의 범죄 성향은 이런 피가 튀는 것보다는 좀 더 깔끔한 모습을 선호한다. 가령 독극물을 이용하거나 하는 식으로 말이다.

설사 그녀가 살인 후에 멀쩡하게 일할 정도로 강한 멘탈을 가진 사람이라고 한다고 해도, 그렇게 치밀하게 마무리를 짓는 타입이라면 차를 사람이 없는 곳에 유기하거나 폐차시켜 버리지 이렇게 팔아 버리지는 않을 것이다.

"올, 오빠 완전 전문가."

"전문가가 아니라 상황이 그렇다는 거야. 아마도 사망자가 누구인지는 모르지만 우발적인 사고일 가능성이 높고."

"그게 보여?"

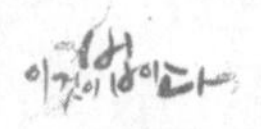

서세영은 엄청 놀란 표정이었다.

노형진은 고개를 끄덕거렸다.

"너도 나중에 프로파일링이나 증거 분석법을 배우게 되면 알게 될 거야. 단순히 피가 묻어 있다는 것이 중요한 게 아니라 그 위치가 중요하거든."

"위치?"

"가령 이번 사건에서 표백된 위치는 차량 트렁크의 중심부지."

"그렇지."

"그러면 무기는 칼이야."

"뜬금없이?"

"그럴 수밖에 없잖아."

다리를 다쳐서는 사람이 죽일 일은 그다지 없다.

물론 동맥을 다친다면 모르겠지만, 그랬다면 트렁크의 정가운데가 아니라 좀 더 아래쪽에 흔적이 남았어야 한다.

반대로 머리를 다쳤다면 흔적이 훨씬 위에 남았을 것이다.

"그러니까 복부를 찔렸다는 거지."

그러면 트렁크에 실을 때 가운데에 피가 고이게 된다.

"그런데 복부를 공격해서 피가 나게 할 수 있는 물건이 뭐가 있겠어?"

"아! 칼이네."

몽둥이 등의 타격계 무기라면 머리를 노렸을 것이다.

만일 뭔가 넘어트려서 생긴 일이라면, 그래도 머리 쪽이

다쳤을 가능성이 높다. 죽었으니까.

"하지만 가운데로 피가 고였지."

그 말은 피해자가 신체 한가운데, 즉 복부를 찔렸다는 걸 의미한다.

"보통 그러한 패턴은 사고에서 많이 나오지. 아니, 사고라고 표현하기는 좀 그렇고 우발적 범행이라고 표현하는 게 맞겠구나."

우발적으로 상대를 찌를 때 가장 공격하기 쉬운 부분이 바로 배다.

"전문가들이라면 다른 쪽을 노리겠지만."

폐라든가 목이라든가 하는 쪽으로 말이다.

그런데 칼로 배를 찔렀다.

그건 우발적인 범죄일 가능성이 높아진다는 거다.

"그리고 그렇게 되면 다른 문제가 생겨나지. 아마 피해자는 생각보다 오래 살아 있었을 거야."

"응? 그게 무슨 말이야?"

"배에는 주요 장기들이 모여 있지만 즉사에 이를 만한 장기는 없어."

찔려도 웬만해서는 바로 죽지 않는다는 소리다.

심장이나 폐 같은 건 찔리는 순간 그대로 죽는다.

그 때문에 인간은 진화하면서 자연스럽게 갈비뼈 등이 그런 치명적인 장기를 보호하도록 만들어졌다.

"그런데 배는 아니거든."

물론 찔리면 죽기는 한다.

하지만 치명적으로, 한 방에 죽는 건 아니다.

즉, 피를 흘리면서 아주 오랫동안 고통에 몸부림쳤어야 한다는 거다.

"우발적인 범행이라며?"

"그래서 그러는 거야."

진짜 상대방에게 강렬한 원한이 있어서 고통에 몸부림치기를 원해서 배를 찔렀을 가능성보다는 우발적으로 찔렀을 가능성이 높다.

"그리고 그 말은, 상대방이 죽기 직전까지 그걸 구경했다는 뜻이다."

출혈량에 따라 달라지겠지만 아마도 피해자는 30분 이상 살아 있었을 것이다.

그렇다면 그사이에 구급차를 불렀다면 살아남을 수도 있었다는 의미다.

"그러면 순서가 나오는 거지."

누군가 우발적으로 배를 찌르고, 상대방이 죽어 가는데 그걸 보고 있다가 차량에 싣고 가서 그 시신을 치웠다는 거다.

"그리고 시신을 처리하기 위해 동원된 게 홍혜인이라는 거고?"

"아마도."

"그러면 그 범인은 차량이 없다고 봐야 하나?"

"그럴 가능성도 있지만……."

노형진은 고민하다가 고개를 흔들었다.

그럴 가능성은 그다지 높지 않다.

"홍혜인의 타입을 생각하면 그럴 가능성은 그다지 높아 보이지 않는데."

"그게 무슨 말이야, 오빠?"

"말 그대로야."

홍혜인은 스튜어디스다. 그것도 상당한 연차가 있는 스튜어디스.

스튜어디스는 상당히 돈을 많이 버는 직종이기도 하고 사회적으로 본다면 상당히 성공한 직종 중 하나이기도 하다.

"기본적으로 스튜어디스, 그것도 퍼스트급을 관리하는 사람이라고 하면 어느 정도 되는 수준의 사람을 만나는 게 정상이라고."

"그런 게 어디 있어?"

"그렇게 따지고 들 일이 아니라 현실이 그렇다는 거야. 기회의 숫자가 다르다고, 기회의 숫자가."

한 사람이 다른 사람을 만나서 사귀고 교제하기 위해서는 그에 상응하는 기회가 있어야 한다.

"요즘 맞선 업체들이 왜 그렇게 성행하는데?"

젊은 세대는 경쟁에 밀려서 그런 기회를 잡는 게 힘들어서다.

"조건이 좋은 사람을 만날 수 있는 직업군이 분명 존재하니까."

최고급 와인을 판매하는 곳에서 일하는 사람들이나 비행기 퍼스트클래스에서 근무하는 스튜어디스같이, 부자들이 잘 이용하는 곳에 있는 사람들.

"그게 무슨 소리야?"

"홍혜인이 어울릴 만한 사람이 요즘 같은 시대에 차가 없다고 보기는 힘들다는 거지. 그런 사람을 만날 이유가 있는 여자도 아니니까."

"난 이해가 안 가는데."

"이렇게 이야기하면 좀 더 쉬우려나? 남자 친구가 드러나기 쉽지 않다."

그녀의 나이를 생각하면 남자 친구가 있거나 결혼 이야기가 충분히 나올 만하다.

하지만 그녀의 과거의 흔적을 추적하면서 느낀 것은, 그녀가 생각보다 잘 살며 또한 결혼에 대한 생각이 별로 없다는 것이었다.

"비혼 주의자일 수도 있잖아?"

"그렇지. 그건 인정해. 하지만 그렇다면 남자가 관련되었을 것으로 추정되는 이런 살인과 연관되어 있을 이유가 있을까? 그리고 확인해 보니까 이 로망스를 팔고 홍혜인은 차를 새로 샀어. 그것도 수입 차를 일시불로 말이지."

서세영은 곰곰이 생각하다가 고개를 끄덕거렸다.

로망스 정도 사 주는 것은 이해가 간다.

하지만 수입 차를 일시불로?

그건 통상적으로 봤을 때 다소 무리인 일이다.

물론 스튜어디스가 많이 버는 직종이기는 하지만 그건 어디까지나 상대적인 거다.

할부로 살 수 있을지언정 일시불로 살 정도의 돈을 벌지는 못한다.

"그러니까 오빠 말은 이 사건에서 그녀가 일종의 종범이다 이거네? 누군지는 모르지만 남자가 같이 움직인 거고?"

"아까도 말했잖아."

남자가 누구인지 모르지만 그는 자신을 감추고 있다.

홍혜인은 그런 남자와 살인을 은닉할 정도로 밀접하게 같이 움직였다.

"그런데 남자가 살인을 했다면 그냥 자기 차를 이용하지 않았을까?"

"그게 문제인데……."

노형진은 그 부분이 여전히 이해가 가지 않았다.

시체를 어디론가 싣고 가서 버릴 생각이었다면 그냥 남자의 차량을 이용해도 된다.

그런데 굳이 서세영의 차량을 이용한 이유가 무엇일까?

"차가 없는 건 아니었을 텐데……."

"둘이 같이 살인한 거 아냐?"

"그럴 수도 있기는 하지만……."

그래도 말이 안 된다.

여자와 데이트를 할 때 일반적으로 차를 가지고 오는 것은 남자다. 여자가 차가 있다고 해도, 그게 일반적이다.

그런데 굳이 여자 차를 쓸 이유가 있었을까?

"완전 골 때리는데."

"흠……."

서세영은 고민하다가 갑자기 '혹시?' 하는 표정으로 쳐다보았다.

"오빠, 혹시 말이야. 차가 있지만 트렁크를 못 쓰는 거 아니야?"

"무슨 소리야?"

"아니, 우리 학교에 종식이라고 있거든."

"그게 누군데?"

"좀 양아치 같은 새끼 있어. 그 새끼가 나를 어떻게 해 보려고 노력을 많이 하는데……."

"음, 무슨 뜻인지 알겠네."

"아, 좀, 누구 하나 죽일 생각 하지 말고 진지하게 들어 봐."

서세영이 누구의 지원을 받는지는 그다지 알려져 있지 않지만 입는 옷 사는 곳 등 모든 게 고급스럽다 보니 당연히 있는 집 자식처럼 보인다.

더군다나 서세영은 외모만 보면 아이돌을 해도 먹힐 만한 수준이다.

그런 만큼 남자가 따라붙지 않으면 그게 이상한 일이기도 했다.

"나한테 자랑하는 것 중 하나가 자기 차거든."

"차가 뭔데?"

"오픈카."

"……!"

노형진은 눈이 커졌다.

노형진도 그 부분은 생각해 보지 못했으니까.

"그렇구나, 오픈카."

오픈카라고 해서 천장이 없는 것은 아니다.

비나 눈이 오는 경우도 있을 수 있으니까.

당연히 필요할 때는 천장을 닫아야 한다.

"그걸로 엄청 자랑하더라고."

그런 차량들은 기본적으로 트렁크가 있기는 하지만 없다고 봐도 무방할 정도로 작다.

그럴 수밖에 없는 게, 그런 오픈카는 천장을 열고 주행하는 경우 그 천장이 들어갈 공간을 미리 확보해야 하기 때문에 트렁크가 그 공간이 될 수밖에 없다.

당연히 그 공간을 트렁크를 활용해서 만들어야 하기 때문에 상대적으로 트렁크가 작아질 수밖에 없다.

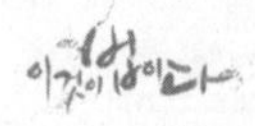

"그것도 있고 그 뭐냐, 트렁크가 앞에 있는 차도 하나 있더라고."

"일부 스포츠카가 그런 형태지."

엔진을 뒤쪽에 두고 있는 형태의 스포츠카들이 있다.

그런 차들은 보닛에 엔진이 있어야 하는 데다 모양을 예쁘게 잡아야 한다는 점 때문에 트렁크 공간이 그다지 확보되지 않는다.

"하긴 그런 차를 가진 사람들에게는 짐을 옮긴다는 것이 좀 의미가 없기는 하지?"

그런 차들은 폼을 잡기 위해 만들어진 것이다.

당연히 짐을 옮긴다는 목적이 크게 의미가 없기 때문에 트렁크를 크게 만들 이유도 없다.

"그러니까 차가 없는 게 아니라 트렁크가 없다?"

서세영의 말에 노형진은 확실히 그럴 만하다고 생각했다.

"그런 차라면 확실히 문제가 되겠지."

피해자가 누군지 모르지만 사람의 시신이 그다지 작은 것도 아니고, 그걸 싣기 위해서는 일정 공간이 있어야 할 테니까.

"작은 차. 그리고 돈이 많은 사람으로 추정되는 존재."

노형진은 고민하다가 눈을 찌푸렸다.

"가출."

"응? 그게 무슨 소리야, 오빠?"

"가출한 사람 중에 희생자가 있는 거 아닐까?"

"가출?"

"그래. 여러 가지 정황상 그럴 가능성이 아주 높아 보여서."

일단 범인은 돈이 많은 사람일 가능성이 높다.

홍혜인의 사는 환경과 기타 상황을 보면, 그녀는 아무리 결혼의 의사가 없다고 해도 돈을 너무 흥청망청 쓰는 편이다.

더군다나 그녀는 차를 팔자마자 바로 새 차를 뽑았다.

"네가 산 차량은 나온 지 1년도 안 되어서 판 거거든."

그때는 깡을 목적을 판 거라 생각했지만 상황을 보니 그게 아닐 가능성이 아주 높다.

"그런 상황에서 지금의 사태를 보자."

누군가 그녀에게 현금으로 차를 사 줬다.

보통은 현금으로 차를 사 주는 경우는 드물다.

설사 현금으로 차를 산다고 해도, 계좌 이체 또는 체크카드 등을 이용하지 진짜 현금을 내는 경우는 별로 없다.

"현금으로 산 거였어?"

"알아본 바로는 그래."

그렇다면 누군가 그걸 사 줬다는 거니, 그걸 사 준 사람은 부자일 수밖에 없다.

"그런데 지금 그 존재가 누군지는 모르지만 철저하게 은닉되어 있어. 아마도…… 내 생각에는 말이지, 유부남이 아닐까 싶어."

"유부남? 도대체 결론이 왜 그런 쪽으로 흐르는데?"

"결혼을 약속한 사이라면 자신이 드러나는 걸 꺼릴 이유가 없잖아."

"아!"

홍혜인은 나이를 보면 결혼 적령기다.

연애를 한다 해도 하등 이상할 게 없다.

"그런데 주변에서는 그걸 몰랐단 말이지."

심지어 자신을 드러내지 않기 위해 상당히 많은 공을 들이는 게 보인다.

"정상적인 커플이면 그럴 이유가 없다는 거구나."

"그래."

노형진은 고개를 끄덕거렸다.

"그렇다면 답은 대충 나오는 것 같지 않아?"

아마도 피해자는 여성, 그것도 남자의 아내일 가능성이 높다.

형사사건이 벌어지는 이유는 보통 세 개다.

탐욕, 아니면 증오. 그러나 그것도 아니라면…….

"애증이지."

누군가 불륜으로 홍혜인을 만나고 있다면 이 사건은 거기서 시작하는 게 맞을 것이다.

"바람피우는 부자라……."

오광훈은 단호하게 말했다.

"차라리 바람피우지 않는 부자를 찾는 게 더 빠를걸."

"그렇겠지?"

"'그렇겠지?'가 아니라 당연한 거 아냐?"

돈이 있으면 여자한테 눈을 돌리는 게 남자다.

물론 순수하게 아내를 사랑하고 함께하는 사람들 역시 존재하지만, 돈이 있으면 일단 여자부터 찾아보는 남자가 많은 것도 사실이다.

"더군다나 트렁크가 작은 차? 야, 한국에서 그런 차 가지고 다니는 사람이 어디 한두 명이야? 매년 수천 대는 팔릴 텐데."

거기다 중고 매물로 나가는 물건까지 생각한다면 그 양은 더더욱 많아질 것이다.

"실종 제보를 뒤져야 하나?"

"실종 제보를 했을까요?"

노형진을 따라온 서세영은 고개를 갸웃하면서 말했다.

"제가 봐서는 안 했을 것 같은데."

"그건 아니야."

"네? 어째서요?"

"마냥 살려 둘 수는 없잖아."

"언젠가는 죽인다는 건가요?"

"그게 아니라, 실종 신고를 해야 나중에 사망 처리라도 하지."

"아하!"

실종 신고를 하지 않고 그냥 두면 분명히 나중에 문제가 될 가능성이 있다.

가족들이 물어볼 수도 있고 말이다.

"실종이 아니라 가출일 수도 있지."

"오빠, 그게 무슨 말이에요?"

"실종이라고 하면 무슨 의심이 생겼을 때 가장 먼저 의심받는 건 남편이거든."

"그런데 가출로 처리하면?"

집을 나간 거다. 그러니 뭐라고 할 수도 없다.

그 이후에 나타나지 않아도 뭐라고 하는 사람은 없다. 실제로 가출 이후에는 점점 사람들에게 잊히기 마련이니까.

"그리고 몇 년이 지나면 자연스럽게 실종으로 처리되는 거고."

가출에서 실종으로, 그리고 사망으로.

그렇게 넘어가면, 특수한 경우가 아니면 사람들은 아내에 대해 잊어버릴 가능성이 크다.

처음에는 주변에서 아내에 대해 물어보겠지만 가출했다고 하면 그만이니 시간이 지나면 더 이상 물어보지도 않을 테고, 설사 몇 년이 지나서 누군가 물어본다고 해도 그때는 가출해서 법적으로 이혼했다고 하면 그만.

특별한 일이 없다면 주변에서 남편을 의심하거나 할 가능성은 그다지 없다.

가출이라는 단어가 주는 느낌상 사람들이 보기에는 여자 쪽에 문제가 있었다고 생각하게 되기 때문이다.

특히 남자가 가면을 잘 쓰고 있다면 더더욱 그럴 것이다.

걱정하는 건 아마 친정 정도일 테지만, 가출로 신고되어 있는 이상 친정에서도 손쓸 수 있는 방법에는 한계가 있다.

경찰에 신고해도 경찰은 컴퓨터로 한번 돌려 보고 가출로 신고되어 있다면서 수사하지 않고 바로 종결 처리할 가능성이 높다.

"우와, 오빠 진짜 대단해. 이 정도면 살인 현장도 나오겠는데?"

"살인 현장은 아마 오피스텔이나 아파트는 아닐 거야. 하지만 외부의 시선을 피하면서 밀회를 즐길 수 있는 공간일 테고, 그곳에서 만났겠지. 아마 아내가 그곳을 찾아갔을 테고, 거기서 발각되어서 싸움이 벌어져 살인으로 이어졌을 거야. 아마 양쪽과 관련 없는 곳일 테니 별장 같은 곳을 빌렸을 가능성이 높아. 펜션 같은 데는 아닐 거야. 그런 곳에는 관리인이 있으니까 비명 소리가 들렸다면 당연히 신고했을 테니까. 그러면 아마도 지인의 별장 같은 곳일 가능성이 아주아주 높아."

노형진은 차분하게 설명해 줬고 서세영과 오광훈은 신기하다는 듯 바라보았다.

"왜 그래?"

"아니, 신기해서. 그런 게 프로파일이라는 거야?"

"어…… 그렇기는 한데, 나는 말 그대로 수박 겉핥기 수준으로 배운 거라. 잘하는 것도 아니고."

"겁나 멋지네. 그쪽으로 방향 틀까?"

진지하게 말하는 서세영.

그러자 오광훈이 어이없는 표정을 지었다.

"아주 그냥 다 나오네."

"다 나오는 게 아니라, 사건을 보면 대충 각 안 나와?"

"나오기는 개뿔. 그게 누군지도 모르는데 어떻게 나와? 그러면 추적할 방법도 찾아내 봐. 홍혜인을 추적해야 하나?"

"힘들걸. 아마 홍혜인과는 당분간 거리를 둘 가능성이 높아. 사건이 있었으니까. 어쩌면 아예 손절했을 수도 있고."

"그러면 뭐야? 뭘 보고 추적하라는 거야?"

"음……."

노형진은 그 부분에서 잠깐 고민하다가 말했다.

"흥신소를 찾아보는 건 어때?"

"흥신소?"

"그래, 흥신소 말이야. 우리가 의심하는 것은 불륜이잖아. 지인의 별장까지 빌려서 만날 정도면 상당히 공을 들여서 자기를 감췄다는 건데, 그런 걸 여자 혼자서 추적하기는 쉽지 않지."

추적 기술도 없을 테고, 따라다니려면 차가 필요한데 그

차는 결국 여자의 차일 테니 보면 알 테고, 추적용 장비도 없을 테고.

"여자들이 그럴 때 가장 많이 쓰는 게 흥신소 아냐?"

"어…… 그렇기는 하네."

오광훈은 고개를 끄덕거렸다.

"하지만 경찰이나 검찰이 가서 자료를 달라고 한다고 한들 줄 리 없는데."

"줄 만한 사람은 있지."

노형진은 빙긋 웃었다.

"흥신소? 그런 데가 한두 개야?"

"그래도 사장님께서는 아실 만한 곳이 있지 않습니까?"

"흥신소라……."

한만우. 음지에서 양지로 나온 조폭들의 대장.

그의 조직이 양지로 나올 때 가장 많이 쓴 곳이 심부름센터, 즉 흥신소다.

그들에게는 그에 맞는 장비가 있었고, 그 장비로 특정인을 추적할 수 있으니까.

"혹시 의뢰인을 찾을 수 있을까 해서요."

"노 변호사, 흥신소에 매달 의뢰하는 인간들이 얼마나 많은지 알아?"

"의뢰인은 여자일 겁니다."

아마도 여자가 흥신소에 의뢰했고, 흥신소는 불륜 현장을 발견하고 바로 연락을 줬을 것이다.

"이름은 모르고?"

"모릅니다."

"완전 애매한데?"

"하지만 상당한 부잣집일 테고요."

"그러면 더 애매해. 부잣집 아낙네들 중에서 흥신소에 의뢰하지 않는 사람들이 얼마나 될 것 같냐?"

남자가 부자라면 돈을 받고 이혼하기 위해 의뢰하고, 여자가 부자라면 돈을 한 푼도 안 주기 위해 의뢰한다.

"사이가 안 좋은 사람들이라는 걸로는 안 될까요?"

"어허, 이 아가씨 세상 물정 모르네. 흥신소에 올 정도 되면 이미 끝난 거야. 끝내기 싫잖아? 안 와."

"네? 왜요?"

아직 세상을 모르는 서세영은 어리둥절하게 물었다.

"흥신소는 기본적으로 증거를 모아 주는 집단이니까."

만일 조금이라도 다시 시작할 마음이 있거나 지금 상황을 유지할 방법이 있다면 대부분은 흥신소에 오지도 않는다.

의뢰했다가 상대방의 불륜을 목도하게 된다면 그 마음마저도 사라질까 두려워하기 때문이다.

그렇기에 관계를 끝내기로 마음먹은 후에야 흥신소에 적극적으로 찾아온다.

왜냐? 증거가 있어야 한 푼이라도 더 받을 수 있으니까.

“아, 그래? 그러면 그건 좀 애매하네.”

노형진의 설명에 서세영은 고민에 잠겼다.

“이봐, 노 변호사. 내가 관리하는 곳도 몇 곳 있고 뭐 수소문은 해 줄 수 있는데, 그것도 뭐든 있어야 할 거 아냐. 지금처럼 아무것도 없이 다 달라고 하면 안 된다고. 이쪽도 나름 신용 바닥인지라…….”

섣불리 정보를 줬다가는 그것도 이혼 사유가 된다.

실제로 흥신소를 썼다가 걸려서 이혼당한 사람도 있고 말이다.

“최소한의 특정이라…….”

고민하던 노형진은 힐끔 서세영을 바라보았다.

“너 차 번호가 뭐라고 했지?”

“응? 차? 아, 그러네. 불륜 추적을 했으면 그 차 번호는 당연히 알고 있겠구나.”

“기억을 할지는 모르지만.”

일단 사진은 찍어 놨을 가능성이 크다.

그리고 그게 기억난다면 어쩌면 추적할 수 있을지도 모른다.

“차량 번호라……. 그걸로 한번 알아보지.”

한만우는 고개를 끄덕거렸다.

"하지만 너무 기대는 하지 마. 자네도 알다시피 말이야, 이런 게 쉽게는 안 나오거든."

"한 사장님이 말씀하셔도요?"

"난 양지로 나오지 않았나? 그런 일에서 손을 완전히 뗀 건 아니지만, 그런 걸 안 준다고 해서 끌어다가 팰 수는 없지 않나?"

더군다나 한만우에게 그런 건 모른다고 한다고 해도 한만우는 그들에게 뭐라고 할 수가 없다.

진짜로 모르는지 알면서 잡아떼는 건지 알 수는 없으니까.

"내 알아보기는 하지. 하지만 큰 기대는 하지 마."

노형진은 고개를 끄덕거렸다.

찾으면 좋은 거고 못 찾아도 어쩔 수 없다고 생각하고 있었으니까.

그런데 그 결과는 생각지도 못하게 빠르게 나왔다.

배움은 계속되고 역사는 반복된다

"찾았네."

"네? 겨우 이틀 지났는데요?"

노형진을 찾아온 한만우. 그는 소파에 앉아서 느긋하게 차를 마시며 말했다.

"운이 좋다고 해야 하나, 운이 나쁘다고 해야 하나."

"그게 무슨 말씀이십니까?"

"내 휘하에서 나간 놈 중에 대양심부름이라고 운영하는 놈이 있거든."

당연히 대부분의 심부름센터가 그렇듯 불륜을 전문으로 다루는 곳이었다.

"거기에 의뢰했답니까? 용케 기억하고 있네요."

"용케 기억했다기보다는, 기억할 수밖에 없는 상황이더군."

"무슨 말씀이신지?"

"미수금이 있는 모양이야. 400만 정도."

"네에?"

노형진은 눈을 찌푸렸다.

400만 원이라면 절대 작은 돈이 아니다.

"요즘 일주일에 한 250만 정도 하거든."

그러니까 거의 열흘 치가 밀렸다는 거다.

"그래서 기억한 거군요."

일단 자기네들이 돈을 받아야 하니까.

"그것도 그거지만 말이지, 영 찝찝하니까. 전화해 봐도 전화기가 꺼져 있다고 나온다고 하더군. 그렇다고 집에 찾아갈 수도 없는 노릇이고."

물론 상황이 진짜 안 좋으면 찾아갈 수도 있겠지만.

"전화번호를 차단했다든가 안 받는 거라면 모르겠는데 핸드폰을 계속 꺼 놨단 말이지."

현실적으로 사회를 살아가면서 핸드폰을 완전히 꺼 두고 살 수는 없다.

"우리 업계 사람들도 촉이라는 게 있으니까."

"촉이라……."

"대부분은 돈을 깔끔하게 주는 편이거든."

그럴 수밖에 없는 게, 이혼하려고 한다면 돈을 줘야 그 관련 증거들을 받을 수 있기 때문이다.

설사 아니라고 해도 전화까지 피하는 경우는 드물다.

흥신소를 찾아오는 사람들은 흥신소 사람들의 계통이 어떤지 모르는 바가 아닌 데다, 그 돈을 안 주면 흥신소 측에서 어떤 식으로 나올지도 알고 있으니까.

"그런데 이렇게 전화기를 꺼 둔다는 건, 알지?"

"촉이 안 좋을 수밖에 없겠군요."

"그래."

고개를 끄덕거리는 한만우.

의뢰인이 갑자기 사라졌다는 건데, 추적하던 사건에 대해 생각해 보면 그다지 좋은 일이 있을 거라고는 생각하기 힘들다.

"그런데 또 우리가 하는 일이 어찌 되었건 불법이지 않나?"

"그렇지요."

신고하자니 불법행위로 처벌받을 수도 있다.

그렇다 보니 신고하는 것도 애매하다.

단순히 추적의 문제가 아니라 온갖 감시 장치들을 쓰니까.

그건 정보통신법 위반에도 걸리고, 만일 전과가 있다면 실형도 각오해야 한다.

경찰에서 싹 털어 갈 테니 회사가 망하는 건 당연한 일이고 말이다.

"그래서 신고는 못 하고 그냥 끙끙 앓고 있었다더군."

그러던 와중에 한만우가 아는 사람을 찾기 시작하자 바로 이야기가 나온 것.

"차량 번호는 맞아. 의뢰인은 오선하라는 여자고."

"오선하요?"

"그래. 한 30대 중반쯤 된다고 하더군."

30대 중반. 아이는 없다고 들었고, 당시에 그녀를 만났던 사람들의 기억에 따르면 상당히 호화로운 생활을 하는 사람처럼 보였다고 한다.

온몸에 명품을 두르고 나타났다고 하니까.

"그래서 돈이 없어서 잠수를 탄 것 같지는 않다고 하더군. 솔직히 그 당시에 몸에 걸려 있던 거 하나만 내줘도 그거 털고도 남았을 것 같다니까."

그런 여자가 사라졌다, 그것도 불륜 추적 중에.

"마지막으로 그 여자에게 연락하거나 만난 게 어디라고 하던가요?"

"만나지는 못했고 연락을 주기는 했다고 하더군. 어디 시골의 별장이라던가?"

노형진은 왠지 쓴웃음이 나왔다.

"혹시 거기가 어딘지 알 수 있을까요?"

사라진 여자의 이름은 오선하. 남편의 이름은 차진광.

"여기란 말이지."

노형진은 주변을 스윽 보면서 말했다.

그리고 현장에 간다는 말에 달려온 서세영은 주변을 이리저리 둘러봤다.

"여기서 살인이 벌어졌다면 흔적이 남아 있어야 하는 거 아냐, 오빠? 없는데?"

"바보도 아니고, 이미 싹 다 치운 후겠지."

노형진은 주변을 둘러보며 말했다.

"현실적으로 생각하면 도리어 있는 게 이상할 거야. 자기 명의도 아니고."

이 별장은 차진광의 친구의 집이었다.

"흠, 이참에 너도 추론하는 법을 배우는 게 좋겠네."

"그게 무슨 소리야?"

"우리나라 변호사들에게 가장 떨어지는 능력이 뭔지 알아? 사건의 증거를 취합해서 추론하는 능력이야. 그게 있고 없고의 차이가 어마어마하게 나는 거지."

"이해가 안 가는데?"

"변호사들은 법률에 대해서만 배워. 그건 로스쿨 역시 마찬가지지."

사실 로스쿨은 더하면 더했지 결코 덜하지는 않다.

그럴 수밖에 없는 게, 지금의 로스쿨은 노형진의 노력에도 불구하고 일종의 음서제로 운영되니까.

부패한 세력은 자식에게 권력을 넘겨주기 위해 혈안이 되었고, 로스쿨이나 의학전문대학원같이 쉽게 들어가고 쉽게 자격을 딸 수 있는 제도를 만들려고 발악했다.

로스쿨의 목적이 어찌 되었건 현재 그건 현대판 음서제고, 그런 자들은 아무래도 추론 능력이 떨어졌다.

실제로 하늘과 새론에 들어오는 모든 변호사들이 견습 기간을 거치면서 따로 교육받아야 했던 것도 그러한 이유 때문이고.

그나마 백민대학교는 그러한 추론을 새론과 손잡고 하는 방법을 교육해서 덜하기는 하지만 말이다.

"프로파일링을 배우라고?"

"그래. 전문 프로파일러 수준까지는 힘들겠지만 수박 겉핥기 수준으로만 배운다고 해도 사건의 추적에는 도움이 많이 되는 게 사실이거든. 물론 그걸 너무 확신해서는 안 돼. 전문가는 아니니까 그걸로 범인을 특정할 수는 없어. 하지만 동선이나 상황은 추적할 수 있지."

"음……."

서세영은 주변을 이리저리 살폈지만 뭐가 뭔지 모르겠다는 눈치였다.

"너무 깨끗해서 잘 모르겠는데."

"그렇지?"

그런 서세영을 보고 빙긋 웃는 노형진.

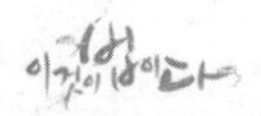

"그러면 흉기부터 시작할까?"

"흉기?"

"전에 내가 흉기는 칼이라고 했지?"

"그랬지."

분명 노형진은 우발적으로 칼을 이용해서 살인했을 거라 추측했다.

"그렇다면 그 흉기는 미리 챙겨 왔을까?"

"음…… 아, 그렇겠네."

별장에 따로 놀러 온 두 사람이다.

그러나 단시간의 관계가 목적이었지 여기서 이틀 이상 묵었을 가능성은 높지 않다.

더군다나 차진광은 어느 정도 돈이 있는 사람이다.

고작 하루 이틀 정도 잘 건데 굳이 여기서 뭔가를 해서 먹을 거라고 생각하기는 힘들다.

"당연히 칼 같은 건 가지고 오지 않았겠지?"

"그렇구나."

뭔가 알아차린 듯 주방 쪽으로 간 서세영. 그리고 이리저리 살피다가 싱크대 아래쪽의 문을 열었다.

"역시."

문 안쪽에 붙어 있는 칼 보관대. 그곳에는 두 개의 짧은 과도가 들어 있었다.

"과도가 두 개나 있는데 가장 많이 쓰는 사이즈가 없어."

칼이 두 개가 있다는 것은 주인이 여기에서 쓰기 위해 칼을 미리 비치해 놨다는 걸 의미한다.

그런데 정작 가장 많이 쓰이는 사이즈의 칼이 없다?

"그게 살인 흉기라는 거구나."

"맞아. 그러면 이제 우리가 해야 하는 일은?"

"집주인의 증언을 확보해 두는 거겠네. 집주인이 차진광과 친하다면 나중에 그를 위해 위증할 수도 있으니까."

칼 같은 건 없었다고, 그런 건 두지도 않았다고 하면 살인을 증명하는 것은 힘들다.

"하지만 칼이 있었다는 증언이 있으면 이야기는 달라지겠네."

"역시 우리 세영이 똑똑하네."

하지만 이쪽에서 칼이 있었다는 증언을 받아 두면 그쪽은 그런 방어가 불가능하다.

가장 강력한 방어 방법 중 하나가 사라지는 셈이다.

"그리고 아까도 말했다시피……."

"여기서 밥을 해 먹지 않았을 테니까 당연히 주변 식당에서 먹었을 테고, 주변 식당들을 돌아다니면서 CCTV를 확인해 둘 것. 이유는, 이곳에 아예 오지 않았다고 주장할 가능성도 있으니까."

"잘 배웠네."

"그런데 그러면 아예 경찰을 부르는 게 좋지 않아?"

고개를 갸웃하는 서세영.

"물론 경찰을 부르기는 해야지. 하지만 경찰은 수사를 함과 동시에 수사를 막기도 하는 존재야."

"무슨 소리야?"

"차진광이 어떤 집안의 사람인지는 몰라. 하지만 상황을 봐서는 그가 돈이 있고 백이 있는 집안의 사람이라는 것은 확실하지."

그런 사람을 조사하면 경찰은 로비를 받고 사력을 다해서 사건을 무마하고 덮으려고 하는 성향이 심하다.

"하지만 오빠가 다 깨끗하게 정리하지 않았어?"

"그건 상대적인 거야. 내가 아무리 깨끗하게 일시적으로 정리했다고 해도 모두가 사라진 건 아니야."

위쪽이 정리된 거지 아래쪽까지 정리된 건 아니다.

아래쪽에서 뇌물을 못 받던 놈들이 올라와서 슬슬 돈을 받기 시작할 때가 되었다.

실제로 얼마 전에 그런 사건도 있었고.

"그리고 로스쿨 출신의 검사와 판사가 배정되고 있는 상황이야. 그들이 어떤 성향을 가지고 있다고 했지?"

"아…… 그러네. 오빠 말이 맞아."

음서제가 된 로스쿨. 그런데 로스쿨을 나와 변호사 시험에 합격해서 변호사가 된다고 해서 과연 그 권력이 승계될까?

아니다. 변호사는 변호사일 뿐이지 그 권력이 승계되지는 않는다.

"권력을 승계하기 위해서는 그에 따른 적당한 타이틀이 있어야 해, 검사나 판사같이."

실제로 정치인들 중에 검사나 판사였던 사람들이 얼마나 많은가?

"변호사는 권력의 주체가 아니야. 인접자일 뿐이지."

당연히 사법부에서는 그 권력을 승계하기 위해 있는 자의 자식부터 뽑아 댈 수밖에 없다.

"내가 만든 시스템은 범죄자나 규정을 위반한 자를 처벌하는 거지, 그러한 인맥을 막을 수 있는 방법은 현재로써는 없어. 전혀 없지."

개개인의 전화를 일일이 감시하고 권력자의 자식의 공직 진출을 아예 금지하지 않는 이상 그걸 막는 것은 불가능하다.

"공직자의 부패는 어찌 보면 너무 당연한 거야. 캄비세스의 재판이 괜히 생긴 건 아니라는 거지."

"캄비세스의 재판이 뭐야?"

"부패한 판사에 대한 가혹할 정도의 징벌이지."

페르시아의 황제였던 캄비세스 2세는 그 당시 부패한 법관이었던 시삼네스를 판결했다.

시삼네스는 뇌물을 받고 사건을 조작해 주거나 판결을 뒤집는 등 지금의 판사들과 같은 행동을 했는데, 이에 분노한 캄비세스 2세는 그를 산 채로 가죽을 벗기는 형에 처하게 했다.

그것도 잔인한데, 더 잔인했던 것은 그 당시 판사들을 모조리 끌어내서 그 장면을 두 눈으로 똑똑하게 보게 하고 그의 가죽으로 깔개를 만들어 재판정에 깔게 했다는 거다.

그리고 그 재판정을 시삼네스의 아들에게 맡김으로써 부패할 경우에 어떻게 되는지 아주 확실하게 머리에 박아 줬다.

"그래서 미국도 공직자의 부패에 대해서는 무척이나 엄벌에 처하지. 하지만 한국은?"

"알겠네. 사람은 바뀌었지만 조직도 바뀐 건 아니라는 거구나."

"맞아."

한국은 판사가 강간해도 무죄가 나올 만큼, 자기들끼리 뭉치는 성향이 무척이나 강하다.

사람을 많이 바꿨다지만 그렇다고 해서 그런 성향이 사라진 것은 아니다.

"많은 사람들이 착각하지."

내부가 바뀌었으니 같은 편이 되었을 거라고.

하지만 그렇지 않다.

"변호사로서 사건을 조사할 때는 모두가 적이라고 판단하고, 전부 막는다고 생각하고 조사해서 방어 준비를 해야 해, 누차 말하지만……."

"의뢰인은 변호사에게 거짓말한다?"

서세영이 기억을 더듬더니 어떤 말을 했다.

노형진이 모든 변호사들에게 하는 말이었다.

"그래, 잘 아네."

그렇게 말하면서 이리저리 주변을 둘러보는 노형진.

"뒤로 가자."

"응? 어? 왜?"

"쓰레기장에는 생각보다 증거가 많은 편이거든."

노형진은 서세영을 데리고 뒤쪽으로 향했다.

그곳에는 쓰레기장이 있었다.

쓰레기들이 산더미같이 쌓여 있는 것을 보며 노형진이 서세영에게 물었다.

"어떻게 생각해?"

"많이 배우네."

쓰레기장에 있는 건 다름 아닌 락스 통들이었다.

그것도 한두 개가 아니었다.

수십 개는 족히 될 만한 락스 통들.

"사진 찍어 놔. 이미 주인이 이쪽에 요 근래에 오지 않았다는 것은 확인해 놨으니까."

사람을 죽인 후에 그 증거를 없앴던 자들이다.

그렇다면 그 증거를 어떻게 없앴을까.

"일단은 청소지."

피를 닦아 내고 흔적을 지워야 한다.

당연히 그 흔적을 지우기 위해 락스를 사용했을 것이다.

차량에서도 그랬으니까.

"피는 건물 안에서도 흘렸을 테고."

결국 그걸 닦아 내기 위해서는 락스 같은 청소용품이 많이 필요했을 것이다.

기존에 이 집에 있던 건 기껏해야 한 통이나 될까 한 양이었을 테니 그건 턱도 없고.

"주변 가게…… 아니다, 이 정도 양이면 마트를 털어야겠네."

"그래, 그쪽을 파고들어야지."

노형진은 고개를 끄덕거리며 말했다.

"일단 이 정도 확보하고 경찰에 신고해서 수사를 시작하면……."

막 별장을 떠나려고 하는 그때, 앵앵거리면서 들어오는 경찰차.

"어? 뭐지? 오빠 신고했어?"

"그럴 리가. 아직 증거 확보도 안 했는데 했을 리가 없지."

그러는 사이에 경찰차가 멈춰 서더니 경찰들이 내렸다.

노형진과 서세영에게 다가온 그들은 아주 당연하다는 듯 말했다.

"어이, 같이 가지."

"지금 뭐라고 했습니까?"

"당신들 말이야, 같이 좀 가자고. 신고가 들어왔으니까."

"신고?"

"그래, 신고. 같이 좀 가자."

"임의동행인가요? 그러면 거절하죠."

노형진은 단호하게 선을 그었다.

경찰에게 끌려다닐 생각은 없으니까.

"이 새끼 봐라."

경찰은 피식 웃었다.

"누가 선택권을 준대?"

"영장 있습니까?"

"야, 이 좆만 한 새끼가 공권력을 우습게 보네."

"그만하세요. 오빠는……."

서세영이 노형진은 변호사라고 말하려고 하는 찰나에 노형진이 손을 들어서 막았다.

"오빠?"

"재미있을 것 같지 않아?"

"아…… 음, 그래. 재미있을 것 같네."

"네가 아까 뭐라고 했지?"

"조직은 바뀌지 않는다."

"옳지, 우리 동생 잘 배우네."

"뭐라는 거야, 이 새끼들이?"

눈을 찡그리면서 앞으로 다가오는 경찰.

그는 수갑을 꺼내서 노형진에게 채우려고 했다.

"영장도 없고 죄명도 없고, 임의동행인데 수갑을 채웁니까?"

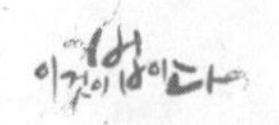

"니미, 좆같은 소리 하고 자빠졌네."

피식 웃으면서 다가오는 경찰.

노형진은 그런 그의 수갑을 탁 하고 쳐 냈다.

"그만하시죠."

그 순간 갑자기 경찰이 온몸을 날려서 바닥을 굴렀다.

"아아악!"

그리고 아주 죽는다는 듯 자지러지는 비명을 지르면서 바닥을 데굴데굴 굴러다녔다.

"얼씨구?"

"이 새끼야! 너를 공무집행방해죄로 체포한다!"

바닥을 구르는 경찰.

그러자 다른 경찰이 약속이라도 한 것처럼 총을 꺼내 노형진을 조준했다.

노형진은 뒤쪽에 있는 경찰차를 바라보았다.

각도로 봐서는 저 경찰차에서 보는 블랙박스에는 절묘하게 경찰이 날아가는 것만 보이고 노형진이 어떻게 하는지는 보이지 않는 듯했다.

그리고 노형진과 서세영이 타고 온 차는 더 뒤쪽에 있으니 이쪽은 아예 보이지 않을 테고.

"아아, 이런 거."

노형진은 피식 웃었다.

"오…… 오빠?"

"걱정하지 마. 이거 경찰들이 쓰는 오래된 수법이야."

"수법 같은 소리 하고 자빠졌네."

권총을 들이미는 경찰에게 노형진은 차갑게 말했다.

"쏘세요."

"뭐?"

"쏘라고요. 어차피 앞의 두 발은 공포탄 아닌가요?"

"……."

"뭐, 일이 이 지경이 되었으니 같이는 가 드릴게. 그런데 그거 쏘면 일이 커지는 거 알죠?"

경찰은 눈을 데굴데굴 굴렸다.

실제로 앞의 두 발은 공포탄이다.

"같이 가시자니까? 싫어요? 단, 여기에 차 가지러 오기 싫으니까 우리는 우리 차를 가지고 가겠습니다."

노형진의 말에 경찰은 뻥 진 표정이 되었다.

"야, 이 새끼야. 너 뭔데 남의 뒷조사를 하고 다녀?"

노형진의 뒤통수를 서류철로 탁 치는 경찰.

그런데 왠지 서세영은 옆에서 싱글싱글 웃고 있었다.

"채림이 언니가 오빠랑 다니면 왜 재미있는 일이 많다고 했는지 알 것 같네."

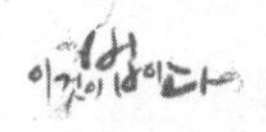

"별걸 다 가르친다."

"이 새끼들 보게? 간땡이가 부었나?"

다시 한번 노형진의 뒤통수를 서류철로 때리는 경찰.

"자꾸 이러면 너희 후회한다. 너희가 누구를 건드리는지 알고나 있어?"

"모르는데요. 궁금하기는 하네요."

노형진이 싱글벙글 웃으며 말하자 어이가 없다는 표정이 되는 경찰들.

"이 새끼들 보게나."

"야, 그냥 공무집행방해죄랑 경찰 폭행으로 넘겨!"

과장으로 보이는 남자는 귀찮다는 듯 말했다.

"흥신소 새끼들 붙잡고 언제까지 시간 끌래?"

"알겠습니다, 과장님. 이 새끼들, 너희들 실형 처먹게 내가 꼼꼼하게 써 주마. 이름!"

"노형진."

"직업!"

"변호사."

"……."

그 순간 흐르는 침묵.

노형진은 다시 한번 말했다.

"직업, 변호사. 법무 법인 새론 소속입니다."

"꺄하하하!"

서세영은 결국 웃음을 터트리고 말했다.

형사들의 얼굴이 창백해지는 가운데, 조용한 침묵만이 주변을 에워싸고 있었으니까.

'이럴 줄 알았다.'

다른 곳도 아닌 지방 경찰이다.

모든 조직이 그렇듯 권력층은 대부분 서울에 있다.

그렇다 보니 지방은 아무래도 정리가 덜 된 감이 있다.

아무래도 지방은 좌천성 인사가 많고 중앙의 시선이 덜 미치니까.

'더군다나 지방은 또 끼리끼리 뭉치는 것도 심하단 말이지.'

탈출한 장애인 노예를 경찰이 잡아다 줄 만큼, 그들의 부패는 심각하다.

그리고 상대적으로 새론도 서울이나 경기 쪽에서 유명하지 이쪽에서는 유명할 리가 없다.

새론에서 담당할 만큼 큰 사건이 여기는 없고 지점 자체가 없는 동네이니, 이쪽에서는 새론이 어떤 존재인지는 잘 모를 것이다.

'하지만 변호사라는 직업 자체를 부정할 수는 없을 테니까.'

그러니 당황할 수밖에.

"그래서…… 어…… 사는 곳?"

"묵비권 행사하겠습니다."

"뭐?"

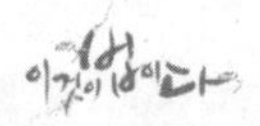

"묵비권 행사한다고요."

"그게 무슨……."

"변호사 불러 주시죠."

"그게……."

"그러고 보니 저 체포할 때 미란다법칙도 안 읽어 주셨네."

"……."

"변호사, 데려와요, 당장."

경찰은 노형진의 말에 땀을 삐질 흘렸다.

⚖

몇 시간 뒤 변호사들이 왔다.

변호사가 온 게 아니라 변호사들이 왔다.

무태식, 김성식, 고연미 등등 무려 여섯 명이나 되는 변호사들이 달려왔다.

"이야, 노 변호사. 혼자서 재미있는 거 하네."

"이런 거 간만이다, 진짜."

"그러니까요. 세상 물정 모르고 덤비는 사람이 아직도 있기는 하구나."

새론의 변호사들은 자신들의 힘을 모르는 바가 아니다.

도리어 너무나도 잘 알고 있다.

노형진은 힘순찐, 즉 힘을 숨긴 찐따 같은 게 되고 싶어 하지는 않는다.

과하지 않은 선에서 힘을 사용할 줄 안다.

그 때문에 새론의 변호사들 역시 힘을 적절하게 조절하며 사용하려 노력한다.

당연히 서장까지 달려왔지만 이미 상황은 벌어진 후였다.

"어디 보자, 이게 그 영상이라고요?"

이미 일은 벌어졌고 '죄송합니다.'라는 말로 끝낼 수는 없는 상황.

당연히 경찰들은 노형에게 죄를 뒤집어씌우기 위해 발악할 수밖에 없었다.

"보세요. 갑자기 경찰이 날아가서 바닥을 데굴데굴 구르지 않지 않습니까?"

영상에서는 비명을 질러 대면서 바닥을 뒹구는 경찰의 모습이 보인다.

그리고 노형진의 예상대로 각도가 맞지 않아서, 보이는 것은 그들의 등뿐이었다.

"그러니까 저 노형진이라는 변호사가 갑자기 공격한 게 사실이라니까요."

코너에 몰린 경찰들.

그리고 변호사 사무실에서 왔다고 하자 부랴부랴 달려온 감사 팀.

모두가 있는 곳에서 그들은 살아남기 위해 거짓말을 하고

있었다.

"진짜입니다. 보세요, 이 친구 팔에 깁스하고 있지 않습니까?"

서장도 필사적이었다.

이 상태로는 자신의 커리어는 끝장이니까.

"흠……."

감사 팀도 그걸 보면서 뭐라고 말을 못 하고 있었다.

그럴 수밖에 없는 게, 일단 보이는 게 없으니까.

무조건 경찰 편을 들어 주자니 감사 팀의 사람들은 서울에서 어떤 피바람이 불었는지 알고 있고, 그렇다고 새론 편을 들어 주자니 아무리 권력이 있다고 해도 경찰을 공격한 것을 그냥 두고 볼 수는 없는 노릇이다.

"어떻게, 대표님이 하시겠습니까?"

그 상황을 보던 노형진이 묻자 김성식은 고개를 흔들었다.

"무슨 소리야? 난 구경하러 온 거야."

"저도요."

"저도 마찬가지입니다."

변호사로서 왔다면서 구경만 하겠다는 모습에 서세영은 어이가 없다는 표정이 되었다.

"오빠, 이래도 되는 거야?"

"되는 거다. 나도 변호사니까. 그리고 이런 건 너도 배워 놔. 나중에 도움이 되니까."

"어떤 건데?"

"이런 거지."

노형진은 앞으로 나서서 그들을 노려보며 말했다.

"좋습니다. 이제 제대로 따져 봅시다, 변호사도 왔으니."

노형진은 그렇게 말하면서 한 걸음 더 앞으로 나섰다.

"제가 당신을 공격했다 이거죠."

"당연하지! 네가 날 공격했잖아!"

"그래서, 어떻게 공격했습니까?"

"밀었잖아!"

"밀었다."

고개를 끄덕거리는 노형진.

영상에 노형진이 미는 모습은 없지만 어쨌거나 주장은 할 수 있다.

"그런데 말이죠, 제가 밀었는데 왜 팔에 깁스를 하고 있나요?"

"응?"

"제가 밀었다. 그 말은 가슴을 밀쳤다는 건데, 그렇다면 다친 부위는 팔이 아니라 가슴이어야 하는 거 아닌가요? 그런데 왜 팔에다가 깁스하고 있느냐는 말입니다."

"영상에서 보다시피 뒤로 넘어지면서 다쳤으니까……."

상황이 이상하게 꼬인다고 생각하며 변명하는 서장.

그러자 노형진은 뒤에 있는 무태식에게 말을 꺼냈다.

"제가 부탁한 분들 모셔 오셨죠?"

"당연하지요. 이런 건 꼭 구경해야 한다면서 오셨습니다."

"일단 박사님부터."

"박사님?"

박사라는 말에 뒤에서 기다리던 사람이 웃으면서 앞으로 나섰다.

"오랜만이오, 노 변호사."

"안녕하세요, 박사님. 그나저나 어떻게 보이세요?"

"흠."

박사라고 불린 남자는 한참 영상을 보더니 경찰을 바라보면서 물었다.

"그래, 경찰 양반. 몸무게가 얼마요?"

"네?"

"몸무게가 얼마냐고."

"85킬로그램입니다만."

박사는 잠깐 고민하더니 어이가 없다는 표정이 되었다.

"당신, 어떻게 서 있는 거요?"

"그게 무슨 말입니까?"

"당신 몸무게를 기준으로 당신이 날아간 거리를 계산하면 못해도 순간적으로 5톤 정도의 충격량이 나왔어야 하는데, 그러면 최소한 멍이 들었을 테고 최악의 경우 갈비뼈가 부러지는 수준인데 도대체 어떻게 그렇게 멀쩡하게 서 있는 거요?"

감사 팀의 시선이 그에게 향했다.

그리고 그 경찰은 다급하게 허둥거리기 시작했다.

"어, 저기, 그게……."

'그렇겠지. 자기가 힘껏 뒤로 날아갔으니까.'

차량을 세워 두는 각도에서부터 다 미리 준비된 시나리오였다.

어떻게 해서든 엮어서 감옥으로 보내 버리기 위해 말이다.

"그게, 멍이 든 건……."

"잠깐 확인해 보죠."

"아니, 그래도 사람들이 있는데."

"팬티를 내리자는 것도 아니고 가슴을 확인하자는 건데 뭐 어떻습니까?"

감사 팀에서 압박을 가하자 어쩔 수 없이 옷을 위로 올리는 경찰.

아니나 다를까, 멍 하나 없이 뽀얀 그의 가슴이 보였다.

"으음……."

서장은 당혹한 게 뻔하게 보였다.

'아무래도 서장이 시킨 모양이네.'

노형진은 피식 웃으면서 그 경찰을 바라보았다.

그리고 점점 싸늘해지는 분위기.

"순간 충격 최소 5톤으로 가슴을 밀렸는데 정작 가슴은 멀쩡하고 팔만 다쳤다?"

"제가 멍이 잘 안 드는 체질이라서요. 그리고 이 팔은, 아무래도 제가 넘어지면서 다친 거라……."

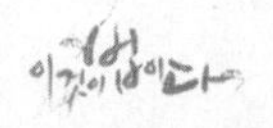

"그렇단 말이지요."

노형진은 송정한을 바라보면서 웃었고, 또다시 한 명이 앞으로 나왔다.

"선생님, 환자 팔을 좀 봐 주시겠습니까?"

"선생님?"

"대룡병원 정형외과 선생님이십니다."

"……."

설마 정형외과에서 직접 올 거라 생각하지 못한 경찰 측은 침을 꿀꺽 삼켰다.

"잠깐 팔을 봅시다."

"……."

"팔 달라니까요."

"……."

"팔 안 줍니까?"

결국 어쩔 수 없이 팔을 내미는 경찰.

의사는 그의 팔을 꼼꼼히 살폈다. 그러다 눈을 찡그렸다.

"도대체 누가 이렇게 처치해 준 겁니까?"

"네?"

"아무 문제도 없구만."

"아니, 석고를 열지도 않고 어떻게 아세요?"

"어떻게 알긴? 통증 반응도 없으니까 알지."

만일 팔이 부러지거나 금이 갔다면 근육을 건드렸을 때 일종의 통증 반응이 있어야 한다.

팔이 부러지면 악수도 못 하는 이유가 그거다.

악수를 하는 순간 근육이 땅기고, 근육이 당겨지면서 뼈를 자극하니까.

"그런데 통증 반응도 없고 신경 반응도 없고, 이거 전혀 문제 될 게 없는데, 엑스레이나 CT 같은 거 찍은 거 있습니까?"

"그게……."

'없겠지.'

안 봐도 뻔하다.

재판에 들어가면 진단서 하나 던져 주고 끝일 것이다.

"일단 병원에 가서 엑스레이랑 CT 찍어 보고 판단합시다. 이건 노 변호사가 내는 거지요?"

"그럼요. 조만간 돈도 없어지실 텐데 제가 내드려야지요."

차갑게 말하는 노형진.

그때 옆에 있던 서세영에게 좋은 생각이 떠올랐다.

"오빠."

"응?"

"저거 말이야, 만일에 가짜로 진단 떼어 준 거라면 그 의사도 뭐 걸리는 거 아냐? 아, 물론 가짜로 한 거라면 말이야."

노형진은 고개를 끄덕거렸다.

"만일 알면서도 가짜로 저렇게 깁스해 준 거라면 처벌받게 되겠지."

경찰은 얼굴이 창백해졌다.

설마 일이 이 지경까지 될 줄은 몰랐을 것이다.

'아마 다른 사람이었다면 속전속결이었겠지.'

경찰은 쓰러진 후에 비명을 지르고, 상대방은 공무집행방해죄로 실형이 나와서 인생을 종 쳤을 것이다.

실제로 경찰들이 수틀리면 자주 써먹던 방법이었다.

뇌물을 안 주거나 자신의 불법을 눈감아 주지 않는 경우에 상대방을 사회적으로 말살하기 위해 말이다.

"만일 조사했는데 문제가 없다면 경찰이 문제가 있는 거겠지. 그러면 경찰의 모든 사건을 조사해야 하지 않을까? 지금까지 조작된 사건이 어디 한두 개일까?"

느긋하게 말하는 노형진.

그러자 감사 팀은 그들을 향해 눈을 부라렸다.

바로 상황이 뒤집어졌으니까.

"아……."

경찰은 주변을 둘러봤지만 이미 동료들은 시선을 돌리고 있는 상황.

자신이 버려졌다는 사실에 그에게 깊은 절망감이 찾아왔다.

그때 노형진이 그에게 동아줄을 던졌다.

"물론 제대로 자수한다면 선처해 줄 수는 있겠지만."

순간 경찰의 입에서 진실이 튀어나왔다.

"서장님이 시켰어요!"

"바…… 박 경사! 그게 무슨 말이야!"

"서장님이 어떻게 해서든 실형이 나오게 엮으라고 했어요! 검사랑 판사랑 이야기가 다 되어 있다고, 기소만 하면 실형은 100% 나오니까 무조건 엮으라고 했어요!"

감사 팀의 얼굴이 마치 아귀처럼 찡그러졌다.

그리고 서장은 온몸을 달달 떨어 대기 시작했다.

"백운주류라……."

차진광의 본가였다.

백운주류는 이 지역의 주류 회사였다.

지금은 아니지만 과거에는 주류 회사들이 지역을 구분해서 판매했다. 그래서 그 지역에서는 다른 지역의 술을 마실 수가 없었다.

물론 그 규정은 이제 사라졌지만 사람들 입맛이라는 게 갑자기 바뀌는 게 아니라서 당연히 특정 지역에서는 특정 소주가 압도적으로 잘나간다.

"백운주류 쪽은 특정 지역 내에서는 어떤 대기업 못지않은 힘을 가집니다. 특히나 정치권에서 많은 공을 들이는 곳 중 하나죠."

지역의 패자라는 말은 그 지역에서 절대적 권력을 가진다는 의미다.

"한국은 풀뿌리민주주의를 표방하지. 그런데 그게 실수였어."

"이해가 안 가는데?"

서세영은 노형진의 말에 고개를 갸웃했다.

"풀뿌리민주주의라는 건 결국 민주주의의 근간 아니야? 그걸 부정할 수는 없잖아."

서세영의 말에 노형진은 고개를 끄덕거렸다.

"하지만 그건 교과서적인 답변일 뿐이고, 현실은 아니지."

"무슨 소리야?"

"민주주의의 성립에는 한 가지 전제 조건이 붙지. 그 민주주의를 지탱하는 국민들이 지혜롭고 정의로운 판단을 할 수 있는 존재라는 것."

하지만 모든 현실이 그렇듯이, 탁상행정으로는 유토피아를 만들 수 있어도 현실은 지옥이 될 수 있는 게 국가의 운영이다.

"풀뿌리민주주의가 생기는 건 좋은데, 문제는 그 풀뿌리민주주의를 만들기 위해서는 기본적으로 지역의 토호 세력에 대한 견제 방법도 만들었어야 했다는 거야."

중앙 통제가 사라지고 지역에서 알아서 하는 시스템이 완성되자 토호 세력은 강력한 힘을 가지고 지방을 지배하기 시작했다.

"그리고 백운주류는 그런 토호 세력 중의 하나였고."

당연히 그들의 힘이라면 그 지역 경찰을 꼼짝 못 하게 하는 것은 어려운 일이 아니었다.

"더군다나 살인에 대한 증거가 없다면 더더욱 그렇겠지."

노형진은 진지하게 말했다.

"오선하에 대한 조사 결과도 그걸 뒷받침하고."

오선하와 차진광은 사랑하는 사이였다.

농담이 아니라 진짜로 사랑하는 사이였다.

그래서 차진광의 집안의 반대에도 불구하고 결혼까지 했다.

하지만 타오르던 불꽃은 짧았고, 이내 차진광은 바람을 피우기 시작했다.

어쩌면 그에게 있어서 사랑이라는 건 그저 여자를 트로피 삼기 위한 도구였는지도 모른다.

"그리고 차진광이 그렇게 행동하자 오선하는 여러 가지로 생각이 많아지기 시작했고요."

남편이 바람피우는 걸 좋아할 여자는 없다.

당연히 내부에서 문제가 많이 생겼고 오선하는 가출도 자주 했다.

"확인해 봤습니다. 현재 오선하는 가출한 상태네요."

고문학은 노형진에게 보고하면서 고개를 끄덕거렸다.

'아마도 죽었겠지.'

그리고 노형진이 기억하는 한 백운주류에 살인에 관련된 사건은 없었다.

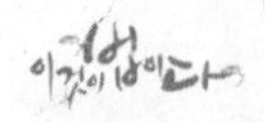

'그 말은 은폐되었다는 거고.'

곰곰이 생각에 빠지는 노형진.

그런 노형진에게 서세영이 떨떠름한 표정으로 질문을 던졌다.

"오빠, 백운주류 쪽에서 이번 사건 알까?"

"알 거야. 그렇지 않다면 우리를 무리해서 감옥에 넣으려고 할 이유가 없지."

"아……."

아마도 백운주류에서는 사건을 묻어 버리기 위해 최선을 다하고 있을 가능성이 크다.

"그나마 아예 재벌가들은 국민들의 견제를 받고 있지만 현실적으로 토호 세력은 그런 견제도 없으니까."

한 지역에서 왕으로 살아온 자들.

그들에게 누군가가 죽는다는 건 새삼 이상할 게 없는 일일 것이다.

"아마도 그들 입장에서는 자기네 회사에서 사고로 사람 하나 죽었다는 정도의 느낌일걸."

더군다나 조사에 따르면 오선하는 가족도 없다.

부모님은 돌아가셨고 형제나 자매도 없다.

"실종 신고를 하거나 의심스럽다고 파고들 사람도 없다는 거지."

그러니 백운주류에서는 부담 없이 가출 처리할 수 있었으리라. 실제로 가출 전력도 제법 되는 편이고.

“아마도 진술이나 주변 정황증거를 통해 살인을 증명하는 건 불가능할 거야.”

“그러면 어쩌지? 진짜로 사건을 묻어야 하나?”

고민하는 서세영을 보고 노형진은 피식 웃었다.

확실히 서세영은 경험이 부족하기는 했다.

“그럴 필요는 없지. 실종 신고를 할 수 있는 건 가족들만이 아니거든.”

“응?”

“조금이라도 관련이 있다면 실종 신고할 수 있어.”

주변에 관련자가 누가 있는지 알 수는 없지만, 세상과 완벽하게 고립되어서 살 수 있는 사람은 없다.

“특히 남편에게 사랑받지 못하는 여자라면 외로움 때문에라도 외부 활동을 자주 하게 되지.”

집안에서도 인정해 주지 않고, 남편은 대놓고 바람을 피운다.

이혼한다고 해도, 결혼한 지 얼마 되지 않았기 때문에 가지고 나올 만한 것도 없다.

“오선하도 바람을 피웠을 거라는 거야?”

“그게 아니라, 오선하가 외부에서 활동했을 만한 뭔가가 있을 거라는 거야.”

그리고 그곳에서 실종 신고를 하면 사건은 진행된다.

“실종 신고한다고 해서 사건이 진행될까?”

"물론 실종 신고만으로는 안 되겠지. 하지만 그녀의 피가 발견되면 이야기가 달라지지."

"아!"

이미 피는 확보한 상황.

그리고 그 의심의 대상은 홍혜인이다.

"그러니 그것부터 시작하면 돼."

노형진은 자신 있게 말했다.

⚖

노형진은 조용히 오선하가 활동했던 단체에 대해 확인하기 시작했다.

그리고 얼마 지나지 않아서 그녀가 활동하던 단체를 찾을 수 있었다.

"선하가 그렇게나 부잣집 며느리였어?"

"어머, 나는 몰랐네."

의외로 그녀는 동네의 작은 연극단에서 활동하고 있었다.

취미 삼아 연극을 하는 그런 곳이었기에 다들 서로에 대해 잘 알고 있었다.

"나는 결혼했다는 소리만 들었는데."

"남편이 바람피운다고 하소연은 하더라고."

동네 아줌마들은 그녀와 했던 이야기를 더듬어 기억했다.

'누군가에게는 이야기하고 싶었겠지.'

사랑해서 결혼한 남자는 바람을 피우고, 자신은 집안에서 인정받지 못하고 외로운 상황.

누군가에게 그걸 이야기하고 싶었겠지만 주변에 들어 줄 사람은 없었을 것이다.

주변 사람들은 죄다 백운주류에 속한 사람들이었으니까.

그래서 그녀가 선택한 것이 바로 연극단이었다.

누구도 자신에 대해 모르고, 이런 걸 잘 들어주고 같이 화를 내 주는 동네 아주머니들이 많은 곳.

"그래서 여러분들에게 제가 부탁할 게 있습니다. 실종 신고를 좀 해 주셨으면 합니다."

"실종 신고?"

"가족들이 안 한대?"

"그게…… 가족들이 안 하고 있습니다. 아무래도 그쪽이 범인인 것 같아요."

"뭐라고?"

"아이고메, 이 뭔 일이랴."

아주머니들은 깜짝 놀라 눈을 동그랗게 뜨고 서로를 돌아보면서 한탄했다.

"사라진 건 확실한데 그쪽 집안에서는 신고를 안 하더라고요. 그러니까 더 의심스럽기도 하고……."

"어메!"

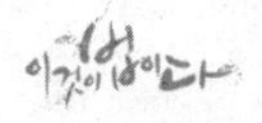

"하긴, 선하의 말을 들어 보믄 그러고도 남을 집안인 게."

고개를 끄덕거리는 사람들.

"그래서 말인데, 여러분들이 실종 신고를 해 주셨으면 합니다. 어떻게든 찾아야 하지 않겠습니까?"

"그러제. 그게 뭐 어렵남."

매주 2회씩 만나던 사람이고 연극이 올라갈 때가 되면 일주일에 다섯 번은 만나던 사람이다.

그러니 어느 날 갑자기 안 나온다면 실종 신고하는 것은 어려운 일이 아니다.

물론 노형진이 단순히 그것 때문에 이 사람들을 찾아온 건 아니었다.

"그리고 혹시나 해서 그러는데, 오선하 씨 유전자를 찾을 수 있을 만한 게 뭐 없을까요?"

"유전자?"

"그게 뭐여?"

사람들은 대부분 고개를 갸웃했지만 몇몇은 안다는 듯 고개를 끄덕거렸다.

"머리카락이나 피나, 하여간 그런 거 말입니다. 유전자가 있으면 정체 모를 시신이 나온다고 해도 바로 유전자 검사를 통해 찾을 수 있을 거라 생각하거든요."

"시신……."

시신이라는 말에 갑자기 무거워지는 분위기.

그건 결국 오선하의 죽음을 뜻하니까.

"그런 게 있을까?"

"우리가 깔끔하게 정리하는 편이라……."

'혹시나 했는데 역시나였나?'

사람들이 자연스럽게 유전자를 흘리고 다닌다고 하지만 그건 어디까지나 바로 얻을 때의 이야기다.

실종 시기를 생각하면 그녀가 입었던 연극 관련 복장들도 세탁했을 가능성이 높고 피를 흘릴 일도 없었을 테니까.

'그러면 세영이 차에서 발견된 피를 연관시킬 수 있는 방법이 없는데…….'

고민하는 노형진.

그런데 그중의 한 명이 손을 번쩍 들었다.

몇 안 되는 남자 단원 중 한 명이었다.

"그 뭐냐, 전에 오선하 씨가 했던 말이 있는데요."

"오선하 씨가 했던 말요?"

"네, 그 뭐지…… 뭐였더라? 아, 맞다. 자기가 백혈병 환자들을 위해 골수 기증을 신청해 놨다고 했어요."

"그런 말을 했어요?"

"네."

노형진은 눈을 크게 떴다.

골수 기증 신청을 하면 일단 피를 채취해서 유전자 검사를 하고 그 기록을 남겨 둔다.

그리고 그 후에 환자가 나오면 그 환자와 기증자들 사이에서 비교해 보고 맞으면 연락해서 골수 기증 절차에 들어간다.

"확실히 그랬어요. 자기가 대학교 때 헌혈의 집에서 골수 기증 신청을 한 적이 있다고. 그런데 한 번도 연락이 온 적이 없다고."

"그 가능성은 그다지 높지 않으니까요."

하지만 한 가지는 확실해졌다.

오선하의 유전자를 얻을 방법이 생겼고, 그걸 서세영의 차와 연결할 방법 또한 생겼다는 것.

"생각보다 쉽게 사건이 진행될 것 같네요."

노형진은 자신 있게 웃을 수 있었다.

다음 권으로 이어집니다

南宮魔帝 남궁마제

문운도 신무협 장편소설

회귀한 뇌왕, 가족을 지키기 위해 정파의 중심에서 제대로 흑화하다!

세상을 뒤집으려는 귀천성에 맞서 싸우다
가족을 모두 잃고 제물로 바쳐진 뇌왕 남궁진화
마지막 순간 원수의 뒤통수를 치고 죽으려 했으나
제물을 바치는 진법이 뒤틀리며 과거로 회귀하다!?

남궁세가의 양자가 된 어린 시절로 돌아온 후
귀천성이 노리는 자신의 체질을 연구하다 기연을 얻고
회귀 전과 다른 엄청난 미모와 함께
뇌전의 비밀마저 알아내 경지를 뛰어넘는데……

**가족들에게는 꽃처럼 사랑스러운 막내지만
적이라면 일단 패고 보는 패악질의 끝판왕!
귀천성 때려잡기에 나서다!**